— 書き下ろし長編官能小説 —

嫁の実家の淫らな秘密

羽後 旭

JN030238

竹書房ラブロマン文庫

目次

第一章　優しい義母の甘い誘惑　5
第二章　人妻義姉の淫らな褐色肌　46
第三章　静かな義妹の激しい情欲　95
第四章　背徳の淫宴　139
第五章　さらけ出された妻の本性　218

この作品は、竹書房ラブロマン文庫のために
書き下ろされたものです。

第一章　優しい義母の甘い誘惑

1

「あぁ、今日も疲れたなぁ」

中山慎也《なかやましんや》は湯船で手足を伸ばすと、大きなため息とともに鼻の下まで湯に浸《つ》かった。

見上げた視界は湯気に包まれていて、見慣れぬ浴室と立ち込める甘い香りにドキドキしてしまう。

(今日から一週間、妻の実家で厄介《やっかい》になるなんて……本当にいいのかな)

妻は今日から一週間、他県へ出張中で、その間の食事などの世話のために彼女の実家のお世話になることとなったのだ。義父は単身赴任中なので、今夜は義母と二人きり、という状態なのも、慎也は少し気詰まりなのだった。

慎也の妻である柑奈《かんな》は同い年の会社員だ。業種や職種は違うものの、スーツを着て仕事している点は同じである。

しかし、社会的な身分や能力には圧倒的な差があった。

(自分は吹けば飛ぶような零細企業のサラリーマンなのに、向こうは泣く子も黙る大企業の本社採用だもんなぁ)

もちろん、社会に出てから差を感じたわけではない。学生の頃から自分との違いは鮮明だった。

ゆえに、何度別れようと思ったことか、慎也にはもはやわからない。自分のつまらないプライドはどうでもいいが、自分は彼女に全く釣り合っていないと思っていた。

(本来なら優秀な……いわゆるハイスペックなやつと一緒になるべきなのに。柑奈の見た目と性格なら、男なんて選び放題だったのになぁ)

妻は掛け値なしに美しい。丸い小顔に大きくてくりっとした目、ぱっちりとした二重瞼《ふたえまぶた》は誰がどう見ても美女だった。少し低めの身長も相まって、小動物的なかわいさも感じさせる。

そして何より、見事なまでの秀麗なプロポーションをしていた。

(引け目を感じつつも、結局、僕も彼女に魅了されているんだよ。学生の頃から何度も抱いているっていうのに、未だに……）

妄想するだけで、股間に血液が集中してしまう。

一瞬だけこのままオナニーしてしまおうかと、考えた。

だが、ここは自分の家ではない。柑奈の実家であり、彼女の母親と妹が、つまり慎也にとっては義母と義妹が暮らしているのだ。そんな環境下で己《おのれ》の欲求を吐き出すなど、非常識にもほどがあろう。

（……柑奈は僕とのセックスをあまり楽しそうにしてくれないんだよな。なんか義務的というかなんというか……僕ってそんなにセックスが下手《へた》なのかな？）

幸い、自分たちはセックスレスではないものの、交わる内容は情熱的というにはほど遠かった。

学生の頃と比べて落ち着いたといえばそれまでだが、もう少し積極的になってくれてもいい気がする。

現に、身体を重ねる時は慎也から求めるのが常《つね》だったし、それも最近は柑奈が多忙で疲れているという理由でご無沙汰だ。

（もしかして……もしかしてだけど、他にいい男を見つけて、そっちに流れてしまっているんじゃ……）

柑奈に限ってそんなことはありえない……と言い切れるほどの自信がない。仕事もできる美女なのだ。言い寄ってくる男などごまんといるだろうし、慎也よりもすべての面で優れている男などいっぱいいる。

(……ダメだ。気分が重くなる一方だ。こんなこと考えては)

邪念を振り払おうと、慎也はぶんぶんと頭を振った。静かな浴室内にバチャバチャとお湯が跳《は》ねる。

「慎也さん、お湯加減はどうですか?」

突然、優しい声が聞こえてきてドキリとした。

アクリル製の折り戸の向こうに人影があった。今の今まで気づかなかったことに赤面する。

「だ、大丈夫《だいじょうぶ》ですっ。すみません、お義母《かあ》さん。なんだか気を使わせてしまって」

「そんな畏《かしこ》まらないでください。慎也さんは私たちの家族なんですから、気を楽にしてくれていいんですよ」

そう言ってふふっと静かに笑った。

(ああ、お義母《かあ》さん……なんて優しいんだ)

義母である有馬弥生《ありまやよい》は優しさや母性といったものを具現化したような女性だった。

四十三歳という年齢が、その魅力を更《さら》に引き立てている。

結婚する前、挨拶のために初めて彼女と会ったときの衝撃は今もしっかりと記憶していた。

（あんまりにも美人で固まっちゃったんだよな……嘘だろって感じだった）

少し大きめの両眼とスラリとした鼻筋、ほどよい厚さの唇は、まさに美人のそれだった。

肌は透き通るように白くて美しく、艶《つや》やかなストレートの長い黒髪は少しの傷《いた》みも見受けられない。

そして、何より慎也を見蕩《みと》れさせたのは、胸部の大きな膨《ふく》らみだ。

（あのおっぱいは何カップあるんだろう。服もブラジャーも脱ぎ捨てたら、いったいどんなおっぱいが現れるのだろうか……）

妻の母に欲情するなど、許されることではない。

しかし、弥生の女としての魅力はあまりにも強すぎた。彼女の痴態を夢想するだけで、むくむくと愚息が肥大を始めてしまう。

「ご飯の用意はできていますからね。お口に合えばいいんですが」

「そ、そんなっ。お義母《かあ》さんの料理は美味《おい》しいに決まってますよ」

「あら、お世辞でも嬉しいですね。うふふっ」

彼女の声を聞くだけで、良からぬ欲望が勢いを増してしまう。股間はあっという間に棒化して、痛いくらいに膨れ上がってしまった。

(最近、ロクにセックスどころかオナニーすらしていないからかな。困ったな、こんな状態じゃ出れないよ……)

弥生が「どうぞごゆっくり」と言って脱衣所から姿を消した。

それでも、猛《たけ》った剛直はもはや冷静さを取り戻せそうにない。

(仕方がない。こんなことといけないいんだろうけど……っ)

慎也は勢いよく浴槽を出ると、ボディソープを手に取り勃起《ぼっき》を摑《つか》む。

牡欲《おすよく》に支配された脳内で、弥生のあらぬ姿を妄想した。

巨大な乳房に震える白肌、快楽に歪《ゆが》む相貌《そうぼう》と甘やかな嬌声を思い浮かべると、あっという間に射精してしまう。

放たれた精液は大量だった。単純に溜まっていたのか、それとも心の奥底で弥生を強く求めてしまっているのか。

(柑奈に隠れてなんてことを……)

ヒクつくペニスを見つめつつ、牡臭に包まれた浴室内で慎也は罪悪感に震えた。

2

時計は日付を変えようとしていた。

住宅街に立地するこの家は、夜になると本当に静かだ。

（そろそろいい加減に寝ないとな……）

日課である動画サイトの閲覧をやめ、部屋の照明を常夜灯にする。

淡いオレンジの光に包まれた寝室の中、慎也は布団の中でぼんやりと見慣れぬ天井を見つめていた。

（お義母《かあ》さん、よくこんな男に良くしてくれるよな。娘につり合っていないとか言って、邪険にされても仕方がないと思うのに）

夕食はお世辞抜きに美味かった。記憶していたものより圧倒的に美味い。

普段、手料理を食べていないということもあるが、誰かと食卓を囲むというのも久しぶりだった。それが味覚に影響を与えたことは想像に難《かた》くない。

久しぶりに感じた温かい家庭は、極上の幸せではあったが、同時に慎也の劣等感を刺激した。

このまま甘えてていいはずがない。何か自分も成さなければ。具体的な目標などは無いのだが、そう思わずにはいられない。

（……とりあえず今日は寝ようか。明日も仕事だからな……）

妙な使命感も眠気の前には勝てなかった。

慎也は瞼《まぶた》を閉じると、深い眠りの世界へと落ちていった。


ふいに目が覚めてしまった。

時計を見ると、深夜の二時になろうとしている。

（やっぱり環境が変わったせいで熟睡できないのかなぁ……）

家の中は驚くほどに静かである。弥生もとっくに寝てしまっているのだろう。

何気なくゆっくりと身体を起こす。今一度トイレにでも行こうかと思い、寝ぼけた眼で部屋の入口を見る。

慎也に宛《あて》がわれたのは二階の一室で、トイレに行くには階下へ降りる必要があった。

そこで異変に気がついた。

（あれ？　扉が少しだけ開いてるぞ……？）

寝ているのは和室なので、出入り口は襖《ふすま》になっているのだが、そこに指二本分くらいの隙間ができていた。

寝るときにぴったりと閉じたはずである。

(なんだろう……お義母《かあ》さんが様子でも見に来てくれたのかな？)

考えつく理由などそれしかない。もしかして、いびきでもかいてしまって、うるさくて見に来たのだろうか。

若干不思議に思いつつも、半分寝た頭では特に考えることもない。慎也はふらりと立ち上がると、静かに畳を踏みしめた。

「……はぁ、ぁ……んぁ……」

かすかに聞こえる吐息に総身が固まった。

気のせいかと思って耳をそば立てるも、吐息は断続的に間違いなく響いてきている。

(え？　嘘だろ……寝息なんかじゃない……この呼吸というか声は……)

呼吸は襖の向こうから、つまり廊下から聞こえている。

この家には今、自分と弥生しかいない。ということは、声の主はたった一人しか思い当たらない。

(どうしよう……トイレなんか行かずに、このまま寝てしまうべきかな)

一人で悦楽を貪《むさぼ》る姿など、見られたくないに決まっているだろう。

彼女がなぜ廊下でオナニーをしているのかはわからないが、無視するのが優しさだと思った。

慎也は静かに息を吐くと、ゆっくりとした動作で布団の中へと戻ろうとする。

が、脚を一歩踏み出したところで、畳の床がギシリと軋《きし》んだ。

「ひぃ……っ」

小さく弥生が悲鳴を上げる。

断続的だった甘い声がピタリと止んだ。

(しまったっ。お義母《かあ》さんに気付かれた……っ)

気まずさに顔を歪《ゆが》ませた。もはやどうすることもできずに、その場で立ち尽くすことしかできない。

もっとも、股間は完全に屹立《きつりつ》し、寝間着を突き破らんばかりに脈動していた。

「……慎也さん?」

かすれるような声で弥生が呼びかけてくる。

無視しようにも、もう彼女には自分が起きていて痴態に気づいていることがバレている。

妙な緊張感に苛《さいな》まれつつ、慎也は意を決して返事をした。

「は、はい……」

抑揚《よくよう》のない情けない声が、静かな室内に妙に響いた。

弥生からの言葉はない。

しかし、かすかな音とともに、襖がゆっくりと開けられた。

錆《さ》びついたネジのように、ぎこちなく振り向く。

「お義母《かあ》さん……」

その光景に絶句した。

弥生はまさかの全裸だった。

「……あぁ、慎也さん」

羞恥で歪む相貌には、発情が色濃く滲《にじ》み出ている。

寝室灯の薄暗いオレンジの中でも、彼女の身体の美しさは際立《きわだ》っていた。想像を遥かに超える美麗さだ。身体のラインにはたるみや余分な肉などは見受けられない。

(本当に肌が真っ白だ……それに……おっぱいがすごいっ)

真っ白な豊乳が完全に晒《さら》されている。

乳房はきれいな釣鐘形で、柔らかさを訴えるようにふよふよと揺《ゆ》れている。親指と中指とで円を作ったくらいの乳暈《にゅううん》の中心に小指の先くらいの乳首がツンと突き出ていた。

「ごめんなさい……こんな醜い身体をいきなり晒して……」

「何を言ってるんですか……その……めちゃくちゃ綺麗です。びっくりしてうまく言えないですけど……本当にすごいです」

どうして彼女がこんな姿を見せるのか、どうして真夜中に廊下で自慰行為などをしていたのか。

そんな疑問は弥生の魅力が溢《あふ》れる肉体の前に霧散した。慎也の脳内は彼女への煩悩《ぼんのう》に支配されてしまう。

「……とても大きくなってますね」

潤《うる》んだ瞳が慎也の股間を見つめていた。

寝間着の中で肉棒が限界まで膨れて反《そ》り返《かえ》っている。妻の母を女として求める浅ましさを制御できない。

(お義母《かあ》さんの前でこんなに勃起するなんて恥ずかしい……)

興奮と緊張と、罪悪感とが慎也の中で渦巻いた。

弥生の白魚のような細指が伸びてくる。

まさか、と思った瞬間に、そのまさかが現実となった。

彼女は卑猥《ひわい》なテントにそっと手のひらを重ねてくる。

「うぐっ……お、お義母《かあ》さん、それは……」

「ああ……とても硬い。熱いのがよくわかりますよ……」

ただでさえ乱れていた弥生の吐息が、更に熱っぽさを増している。

先ほどまで乳房や秘園を弄《いじ》っていたはずの手が、怒張を愛《め》でるように撫で回しているのだ。

そう考えるだけで勃起は跳ね上がって、先走り汁まで溢れさせてしまう。

(お義母《かあ》さん、どうして……こんなエッチな人だとは思わなかった)

「私がこんないやらしい女だとは思いませんでしたか？」

慎也の心を見透かしたように、弥生がポツリと尋ねてきた。

慎也はどう答えればいいかわからず無言でいると、彼女は小さく自嘲しながら言葉を続ける。

「普段は隠していますもの……本当は人一倍に性欲があって、夜な夜な自分で慰めているんです。今日だって、本当は自分の部屋でするつもりでした……」

「じゃあどうしてこんな……それに、お義父《とう》さんがいるじゃないですか」

「……あの人とはとっくに関係は終わっています。慎也さんにこんなことを告げるべきじゃないかもしれないけど、あの人、赴任先で愛人を囲っているんですよ。だから滅多に帰ってこないんです」

衝撃的な発言だった。あの優しくて誠実そうな義父が、そんな不義理を働いているというのか。

「それに……こんなことは一回や二回じゃないんです。今まで、何度繰り返してきたことか……」

ペニスを撫で回していた手が止まり、弥生が感情を押し殺した様子で顔を歪ませる。

(お義母《かあ》さんみたいな綺麗な人を奥さんにして、それでも満足できないってどういうことだよ……)

同じ男として理解ができない。自分が義父の立場なら、性欲が尽きる時まで何度だって抱いてしまうだろう。

「だからね……慎也さん」

再び白い手が勃起を撫でる。むず痒いような愉悦が込み上げて、思わず身体が震えてしまった。

「私だって浮気の一つくらい……許されてもいいはずです。でも、相手は誰でもいいわけじゃない。浮気をするなら自分が気に入って好意を持てる相手……慎也さんがいいんです」

　突然の不道徳な告白に頭の整理が追いつかない。慎也は何も言えずに、ただ目を見開くだけだった。

（お義母《かあ》さんが僕を……？　そんなことがあり得るのか？　いや、そもそも僕には柑奈が……お義母《かあ》さんの娘を妻にもらっている身だぞ）

　弥生が不貞を希望するのはわかるし、その相手に自分を選んでくれたことは正直に嬉しい。

　しかし、だからといって流されていいはずがなかった。柑奈とのセックスは充実しているとは言い難《がた》いものの、夫婦仲が冷《さ》めているわけではない。彼女を裏切ることは憚《はばか》られた。

「……慎也さん、柑奈との夜の生活に満足していないのでしょう？」

　言い当てられてドキリとする。

　なぜわかるのだろうか。血の繋《つな》がった親子ゆえの勘《かん》というものか。

　言いあぐねていると、弥生はくすっと小さく笑った。今までに見たことのない、恐ろしく妖艶《ようえん》な笑みだった。

「……まだ若いのに、満足にセックスできないのはつらいですよね」

弥生の空いていた手がすすっと上半身を撫でてくる。

前開きの寝間着からボタンを外し、肌着の中に手を入れてきた。

しっとりとした指先が素肌をなぞり、ぞわりと悦楽がこみ上げる。

「ねぇ……慎也さん。私みたいな年増は抱けませんか？」

眉をハの字にして見上げてくる。すがるような切ない表情は、慎也の理性を確実に崩しにかかっていた。

「そんなっ。僕は……お義母《かあ》さんとエッチなことができたら、どれだけ幸せだろうってさっきお風呂場でも……うあっ」

うっかり口を滑らせた刹那《せつな》、弥生がパンツに手を突っ込んできた。

いきりたつ肉棒を直接撫で回されてしまう。少し冷たい感覚が、愉悦を何倍にも増幅した。

「知ってますよ……慎也さんがお風呂場でオナニーしていたの」

先走り汁に濡れた亀頭を愛撫され、淫液を肉幹に塗《ぬ》りたくられる。

「それに気づいてからずっと……身体の疼《うず》きが止まらないんです。元々、欲求不満だった身に……あんなの劇薬以外の何物でもないですよ」

弥生の顔は興奮で赤らんでいた。白い身体は火照《ほて》っているのか、むせ返るような甘い牝《めす》の匂いを立ち上らせている。

(こんなの……我慢できるわけがないじゃないかっ)

柑奈への罪悪感は、ついに本能に敗北してしまう。

慎也は鼻息を荒くすると、足元の布団へと弥生を押し倒した。

「来てください……好きなだけめちゃくちゃ抱いて」

シーツに長い黒髪を広げて弥生が微笑《ほほえ》む。

豊かな乳房が少し脇へと流れるが、それでも十分すぎるほどに形を保っている。膨れ上がった乳首と波打つ乳肉が慎也を誘った。

「ああ……お義母《かあ》さんっ」

慎也は唸るように叫ぶと、彼女の首筋に食らいつく。

そのまま舌を伸ばして大胆に舐《な》め上げた。

「ああっ……そうです、私に慎也さんの欲望を全部ぶつけて……はぁ、ぅっ」

首筋から肩、二の腕と舐めていき、同時に全身を撫で回す。

白い肌から上り立つ香りは、男をその気にさせる甘いもの。ただ、どこか安心感を抱かせる母性めいたものを感じさせた。

(柑奈とは全然違う……ああ、もう止まれない……っ)

本能の赴《おもむ》くままに弥生を貪り、彼女の柔らかい肉体を堪能《たんのう》した。

股間は痛いくらいに反り返っている。早く彼女の中へと入りたいとばかりに、何度も跳ね上がっては先走り汁を垂《た》れ流していた。

「お義母《かあ》さんのおっぱい、なんて大きくてきれいなんですか」

慎也は鼻息を荒くしてたわわな乳房を掬《すく》い取る。

「ひぁ、っ……ああ、好きにしてください。いっぱい揉《も》んで……好きなだけ吸って……はぁ、ぁ！」

たっぷりの乳肉を揉みながら、凝《こ》りきった乳芽に吸い付いた。

ガチガチに硬化した乳頭に頭の中が蕩《とろ》けていく。

(乳首をこんなに大きくさせて……ああ、いっぱい舐めたい、いつまでも吸っていたい)

慎也は舌を乱舞させ、乳首はもちろん乳暈までをも舐め回す。

更には強弱を交えて吸い上げて、必死に弥生の熟乳を求めてしまう。

「ひぃぃんっ……ああっ、いいですっ……いっぱい吸ってください……こんなおっぱいでいいなら、好きなだけ吸ってぇ」

鼻にかかるような甘い声を漏《も》らしつつ、弥生が身体を悶えさせている。

美しい白肌にはじわりと汗が滲み出て、甘い体臭が濃くなった。

(母乳が出ればいいのに……きっと甘くて美味《おい》しいんだろうな)

慎也はまるで腹を空かせた赤子のようだった。

出るはずのない母乳を求めて左右の乳首を熱烈に吸い続ける。

ふわふわの柔らかさを湛《たた》える乳肉を揉んでは、乳首が突き出るように絞《しぼ》り上げる。

「あ、ああっ！　感じちゃいます……あぅ、ぅ……すごく感じるっ」

弥生は腰を浮かして身体をよじる。

慎也の頭に乗せた手が髪を掻《か》きむしるように掴んできた。顔を熟《う》れた乳肉へと引き寄せて、さらに求めろとばかりに押し付けてくる。

(息が苦しい……でも、お義母《かあ》さんのおっぱいに溺れるのなら、いっそこのまま、こと切れても幸せかもしれない……)

甘くて柔らかいものに溺れて死ぬのは、男にとってはこれ以上ない幸せな人生の終わらせ方だ。

慎也はもう後先を考えられなかった。口腔内で感じる乳首の硬さを堪能することしかできない。

「はぁ、ぁっ……ああっ、入れて……はぁ、ぁ……入れてください」

弥生が震えた声で懇願してきた。ぼんやりとした意識と視界の中で、彼女の顔へと視線を向ける。

（ああ、なんてだらしなくてはしたなくて……でも、めちゃくちゃ魅力的な顔をしているんだっ）

弥生が顔を真っ赤にして、物欲しそうにしてこちらを見ていた。

慎也の心臓がドクンと跳ねる。早く弥生と一つになりたい。奥の奥まで繋がって、めくるめく官能を経験したい。

（……ダメだ。流されては。僕はおっぱいを見るだけじゃ……物足りないっ）

入れる前に、秘唇の姿形を目に焼き付けたかった。

この淫《みだ》らで美しい義母は、いったいどんな姫割れをしているのか。

慎也は彼女の腕から抜け出すと、腹部を舐めつつ下半身へと移動した。

「ああっ、慎也さん……見ちゃダメですぅ……」

企《たくら》みを察したのか、弥生が羞恥を訴える。

もっとも、そんなものは無視する以外に選択肢などない。

（すごい、いやらしい匂いがする……）

ぴったりと閉じ合わせた内ももの奥からは、目眩《めまい》がしそうなほどに濃厚な牝の香りが漂《ただよ》っていた。

緩《ゆる》やかに盛り上がった恥丘には細い陰毛が広がっている。濃すぎず薄すぎずの絶妙な繁り方は、これから始まる行為への淫靡《いんび》さや背徳感を煽《あお》っているかのように思えた。

「お義母《かあ》さん……見ますからね……」

真っ白な脚に手をかけてゆっくりと開いていく。

弥生は羞恥に顔を背《そむ》けるが、すでに抵抗する様子はない。されるがままになって、慎也の欲望を受け入れた。

内もも同士がゆっくりと分かれていき、ついに足のつけ根付近が離れる。瞬間、クチュリと音が立つ。

「ああ……す、すごい……」

無意識に言葉が漏れた。

弥生の陰部は想像以上に淫らな状態になっている。陰唇どころかその周りまでドロドロに濡れていた。

「うぅ……そんなに見ないで……」

「そ、そんなこと言われても無理です……ああ、中まで見えてる……」

ぱっくりと開いた肉羽は厚みがあって濃い褐色だが、その色合いがエロティックなことこの上ない。

その間では鮮やかなピンク色を湛えた牝膜が息づいている。絶え間なくヒクヒクと動いては、淫蜜を湧き出させていた。

（なんてエロいおま×こなんだ……。お義母《かあ》さんが、こんなおま×こをしてるだなんて……っ）

妻の母親というだけでも背徳的なのに、その秘園は極上の卑猥さだった。

慎也の興奮は完全に突き抜けた。理性や常識は吹き飛んで、目の前の牝を貪ることしか考えられない。

「ああ……おま×こ……お義母《かあ》さんのおま×こっ」

知性まで消え失せた慎也は、本能の赴くままに言動する。

両手でしっかりと太ももを摑んで固定して、蜜にまみれた聖域に口づけする。

「んひ、ぃ！　ダメですっ、そんなとこ……あ、ああっ」

「ダメじゃないですっ。お義母《かあ》さんがこんないやらしいおま×こしてるのが悪いんですっ」

弥生の懇願を無視して、慎也は熱烈に秘唇を求めた。

溢れた牝蜜を舐め取って、肉羽も膣膜も貪ってしまう。

陰核は完全に包皮を脱ぎ捨てていた。美しい桃色の真珠が肥大しているのは、刺激を欲している何よりの証拠だ。

（お義母《かあ》さんのクリトリス……っ）

大胆に舌を伸ばして牝芽を舐め上げた。

「ひい、ぃっ！　あ、ああっ……ダメですっ、はぁ、ぁ……そんなにしちゃ……うあ、あ！」

家中に響くような嬌声を上げ、弥生の腰が跳ね上がる。

彼女の腰をしっかりと掴んだ。どれだけ悶えて暴れようとも、決して離れるつもりはない。

牝芽を舌先で弾《はじ》いては、上下左右に舐め続ける。さらには押圧《おうあつ》して震わせた。

「あ、あぐっ……ま、待って……それダメ……あ、あああっ！」

滑らかな白肌が一気に鳥肌へと変化した。

下腹部が痙攣《けいれん》するように波打って、尻が完全に宙に浮く。

「はぁ、あああっ！　イ、く……あ、あああっ……イくぅ！」

淫らな絶叫とともに、弥生の全身が大きく震えた。

牝膜が蠕動《ぜんどう》し、プチュッと粘着質な水音を響かせる。

(お義母《かあ》さんのイく姿、なんてエッチできれいなんだ……っ)

大きな乳房が揺れる奥で、弥生の顔が確認できた。

両方の瞼をギュッとつむり、戦慄《わなな》く手で口を押さえている。額や首筋には汗がにじみ出たのか、黒い髪が何本も貼り付いていた。

まさに凄艶《せいえん》というより他にない。

(もっと……もっとお義母《かあ》さんのエッチな姿が見たいっ)

慎也は姫割れの中へと舌を伸ばす。

「あぐ、っ……ダメです……ああっ……イったんです……イったばかりだから……はあ、ぁっ」

力なく首を振る弥生だが、身体はさらなる官能に歓喜していた。

挿《さ》し入《い》れた舌粘膜を膣膜が収縮をもって迎えてくる。

愛液の湧出は止めどなく、慎也の口内はもちろんのこと、口周りや顎《あご》までがビチャビチャになっていた。

(お義母《かあ》さんの匂いと味がすごく濃くて……ああ、どこまでも興奮してしまう。ずっと舐めていたい……もっとお義母《かあ》さんを味わいたい)

息苦しさも無視して、弥生を貪ることに没頭した。

グッと唇を押し付けて、秘唇と濃厚にキスをする。唇を粘膜に潜り込ませてから尖らせた。そのままジュルルと啜《すす》ってしまう。

「ひぃ、いっ……そんなことしないでっ。ああ、汚いから……啜っちゃダメっ、飲んじゃダメぇ！」

快楽と羞恥とで弥生は錯乱したように声を響かせる。

彼女が喚《わめ》けば喚くほど、女蜜は溢れて濃度を増した。

その味と熱さが慎也の欲望を沸騰《ふっとう》させる。ペニスはもはやはち切れんばかりに肥大して、脈動するたびに痛みを覚えるくらいだった。

「ああっ、ダメっ、あああぁ！　イく……ああ、またイくぅううっ！」

弥生が白い歯を剥《む》き出しにして、思い切り嚙《か》み締《し》めた。

全身が激しく震えたあと、尻を浮かせた状態で硬直する。彼女は自らの蜜乳を指が食い込むほどに揉みしだいていた。

（うわっ、愛液がいっぱい出てくる。本当にどこまでもエッチなおま×こだ……っ）

普段は貞淑な義母の卑猥な本性に、慎也は一種の感動を覚えていた。

このまま性交してしまったら、いったい彼女はどうなってしまうのだろう。考えるだけで頭がクラクラしてしまう。

「うあ、っ……はぁはぁ、ぁ……あ、あっ……ダメ……ダメぇ……うぅんっ」

二度目の絶頂から意識を戻し、ようやく弥生は身体を弛緩《しかん》させる。

うわ言のように何かを呟いている様《さま》が、淫靡なことこの上ない。

「はぁ、ぁ……お義母《かあ》さん……もう無理です……我慢できませんっ」

慎也は愛液でドロドロになった口周りを手の甲で拭《ぬぐ》うと、ぐったりした弥生に覆《おお》いかぶさる。

「あぁん……待ってください……い、今は……」

「ダメです。待てませんっ。誘ってきたのは……お義母《かあ》さんの方じゃないですかっ」

肉棒は今までにないくらいの勃起と化していた。今すぐ柔膜に浸《ひた》さなければ気が狂いそうだ。

「入れますからね。お義母《かあ》さんと……セックスしますよ」

事が世間に知られれば、絶対に許されないことである。他の家族に知られたら、白い目を向けられ追放されるであろう。柑奈はショックを受けて離婚を切り出すかもしれない。

だが、そんな大きすぎるリスクさえ、今の慎也にはなんのストッパーにもならなかった。むしろ、興奮を増幅させるエッセンスですらあった。

（柑奈、ごめん……僕は今からお義母《かあ》さんと……君の母親とセックスを……浮気するからっ）

罪悪感を牡欲へと変化させ、慎也は膨らみきった亀頭を泥濘《ぬかるみ》へと押し付ける。

「うぐっ……あ、ああ……慎也さん……はぁ、あああぅ！」

先端《せんたん》が姫割れに潜り込み、弥生の裸体はしなやかに反り返る。巨大な乳肉が少し遅れてブルンと揺れた。

（ああ、なんて熱くて柔らかいんだ……これがお義母《かあ》さんのおま×こ……っ）

弥生への挿入感は恐ろしいほどの気持ちよさだった。肉棒の表面に柔膜が瞬時に絡《から》みついてくる。

膣膜はうねって収縮し、熱烈に牡槍を求めてきた。挿入が深まるごとに愉悦は濃厚になり、慎也はたまらず歯を食いしばる。

「あ、ああっ……入ってくるのがわかります……あ、ぅ……ううんっ！」

やがて勃起の全てを蜜壺に押し込むと、弥生は甲高《かんだか》い嬌声を響かせた。

亀頭が義母の最奥部に密着し、二人ともそのまま動かない。

（これ、マズい……動いたらすぐに射精してしまいそうだ……っ）

蜜壺の熱く蕩けた感覚に、勃起の脈動は止まらない。必然的に膣奥を抉《えぐ》る形となり、それが弥生の白肌を震わせていた。

「奥に……ああ、慎也さんがぁ……入れられてるだけなのに……気持ちいいですぅ……っ」

弥生は戦慄く声で途切れ途切れに言い、慎也の腕を強く掴んだ。

半開きになった唇と、うっすらと開いた瞼、そこから妖しく輝いて向けられる瞳。挿入感だけでなく、視覚からも慎也を刺激してきてたまらない。

「お義母《かあ》さん……めちゃくちゃ気持ちいいです……こんなの、僕……っ」

「ああ、嬉しいです……私とのエッチで感じてくれて。我慢なんかしないで……もっと私の中で思い切り気持ちよくなって……っ」

蜜膜の蠕動は牝としての媚《こ》びだった。

さらに彼女はゆっくりと腰を揺らしてくる。愛液が溢れ出て、クチュッと卑猥な音を立てた。

「ううっ……待ってくださいっ。今は少しでも動かれたら……うあ、ぁっ」

淫悦の起伏が少しだけでも暴発しかねない。慎也はたまらず腰を引く。が、それは弥生のはしたない行動で封じられた。彼女の両脚がガッチリと腰を挟み込む。さらにはググッと膣奥へと引き寄せられた。

「うぐ、っ……待って……待ってくださいっ。ああっ、ダメです……奥にそんなに当てられたら……っ」

「ダメなのは慎也さんですよぉ……逃しませんから。私の中に……奥にずっといなきゃ許しません……はぁ、ぁんっ」

子宮口が亀頭に触れて、コリコリと擦られているのがわかる。それだけで勃起が歓喜し、大きく跳ね上がり続けていた。

（こんなのもう無理だ……ああ、出る……射精してしまうっ）

体内のすべての力を使って射精に耐えようとした。

だが、弥生はそんな慎也を見つめて、ゾッとするほど妖美な笑みを浮かべている。

慎也の後頭部に手を回し、自分の口元へと耳を寄せさせてきた。

「射精してください。私の……おま×こに全部出して？」

甘ったるい言葉と熱い吐息とが耳朶《みみたぶ》を撫でる。

義母から発せられた卑猥な懇願に、若い牡が耐えられるはずがない。慎也の中で、最後の一線がぷつりと切れた。

「ううっ……お義母《かあ》さんっ、イきます……ああっ、出ますっ」

「ああっ、出してっ。一番奥にいっぱい出してっ。私に慎也さんを注《そそ》いでっ！」

弥生が叫ぶとともに、力強く股間を上下に振る。さらには膣奥を押し付けて、これ以上ないほどに密着させてきた。

強烈な圧迫感と摩擦感とが、膨らんだ欲望を破裂させる。

溜まりに溜まった精液が、猛烈な勢いで噴出した。

「はぁ、あっ！　ああっ、熱いのがっ、いっぱい……うぅぅぅん！」

弥生は背中に爪を立ててしがみついていた。首を仰《の》け反《ぞ》らせて二度三度と大きく戦慄く。

（ああっ、ヤバいっ、まだ出るっ。腰が持っていかれる……っ）

圧倒的な射精感に意識が遠のきそうだった。

驚くほどに長い射精で大量の欲望液を注ぎ込み、ようやく全身が弛緩する。

慎也は半ば放心状態でぜぇぜぇと呼吸した。

（求められるがままに出してしまった……浮気ってだけでもマズいのに、中出しまでしてしまうなんて……）

弥生に求められたからとはいえ、膣内射精など本来ならばあってはならない。おまけに彼女は妻の母なのだ。そんな女性に生殖行為など、今更になって震えてしまう。

「ああ……本当にいっぱい出してくれましたね……私にも射精して頂けるだけの魅力

が、まだあったんですね……」

　弥生はそう言うと、どこか満足げに微笑んだ。額や頬《ほお》に黒髪が貼り付く様と、白い肌がうっすらと汗ばんでいるのがたまらなく妖艶だ。

「そんな……お義母《かあ》さんはとんでもないほどに魅力的ですよ。こんなすぐにイかせられちゃうんですから……」

「……慎也さん」

　弥生が身体を引き寄せてくる。後戯のハグを求めているのかと思い、慎也は彼女の肩口に顔を突っ込む。

　しかし、それは慎也の勘違いだった。

　首筋に温かいものが付着し滑りはじめる。弥生の柔舌だった。

「うあ、ぁ……お義母《かあ》さん、それは……」

　やめてくれ、と言おうとした。しかし、こみ上げるこそばゆい愉悦には抗《あらが》えない。

「うふふ……おち×ちんや精液だけじゃなく、もっと慎也さんを感じさせてください。んんっ……」

　熱い吐息が肌を撫で、すぐに柔らかい粘膜に覆われる。

　まるでナメクジが這《は》うかのようなスピードで、弥生は慎也を舐めてきた。舌が進めば進むほど、こみ上げる愉悦は強くなる。

(女の人に舐められるのって、こんなにも気持ちいいのか……っ)

身体を支える腕と呼吸が小刻みに震えてしまう。

そんな慎也の耳元で、弥生がクスッと小さく笑った。

「感じてるんですね……ふふっ、かわいい……」

淫靡な囁きに背筋から痺《しび》れてしまう。

弥生はなおも首から肩を舐めてきた。両手は背中や脇腹、腕を撫でてきて、絶え間なく愉悦を与えてくる。

(ううっ……そんなことを繰り返されたら……っ)

萎《な》えていたはずの肉棒が再び疼き始めていた。意識すればするほどに、血流が勢いを増していく。

あっという間に勃起となった。トロトロの淫膜を鋼《はがね》の硬さで押し広げてしまう。

「ああっ、また大きくなりましたね。嬉しいです……」

恍惚《こうこつ》とした様子で呟くと、彼女の方から腰を揺すってくる。

互いの淫液にまみれた結合部から、グチュッと卑《いや》しい水音が立った。

「お義母《かあ》さん……あぁ、すごいです……うぅっ」

「私もぉ……はぁ、ぁっ、擦れるの気持ちいい。奥、グリグリされて……ああ、止まんないですぅっ」

弥生の腰遣いは徐々に激しさを増していく。再び背中にしがみつき、腕を支点に懸命に腰を動かしていた。

（お義母《かあ》さん、本当にエッチな人だ……これがお義母《かあ》さんの本性なのかっ）

浮気というタブーを犯して、膣内射精を懇願し、連続して淫悦を求めてくる。

母性と上品さの仮面の下には、とんでもない淫乱な牝の顔があった。

「ねぇ、慎也さん。私を引っ張り上げてください」

熱い呼吸を乱しながらの弥生の願いに、慎也はすぐに対応した。

甘い香りを放つ熟れた肉体が自分の正面になる。ツンと突き出た乳首は弾けそうなほどに肥大して、たわわな乳房はたゆんと揺れた。

「はぁ……はぁ、あ……えいっ」

弥生の身体に見惚《みと》れていると、突然、彼女が慎也を押し倒す。

見慣れぬ天井を背景に、卑猥に蕩けた弥生の顔があった。濡れた瞳に見下される。

「ああ、っ……この体勢だと……奥にものすごく当たる……ぅっ」

騎乗位になった弥生が、自らの膣奥を押し付けた。

亀頭に圧迫からの快楽が生まれて、慎也はたまらず呻《うめ》いてしまう。

「うあ、ぁ……お義母《かあ》さん……これは……あぐっ」

言い終わるより前に、弥生が腰を前後に揺する。

溢れ出た二人の淫液がグチュグチュと卑猥極まる水音を奏《かな》で、そこに義母の甘い牝鳴きが重なる。

「はぁ、ぁっ……気持ちいいっ。気持ちいいのっ、止まらないのぉっ！」

慎也の胸板に手をついて、騎乗位で聖域の奥を自ら抉り続ける。

結合部は愛液と精液とが混じり合い、濃厚な白濁《はくだく》の粘液にまみれていた。漂ってくる淫臭に目眩がしそうだ。

（おっぱいがブルブル跳ねて……なんてエッチな姿なんだっ）

腰の動きに合わせて、蜜乳が上下左右にバウンドしていた。刷毛《はけ》で塗《ぬ》ったような汗が乳肌を鈍く光らせて、さらに慎也の劣情を煽った。

（そんな熱烈に求められたら……っ）

貪欲な義母の姿に牡欲が沸騰する。

慎也は彼女の腰を摑んで股間をググッと押し上げた。

「ひぃ、ぃんっ！　奥が……ああっ、すごい当たってぇ……うあ、ぁっ」

首を仰け反らせて叫ぶ弥生に、揺れ弾《はず》む乳房を揉みしだく。それだけではなく、硬く実る乳頭を指先で転がした。

「ああっ、はぁ、ぁ！　ダメですっ！　慎也さんっ、そんなにしたらダメぇ！」

「ダメなのはお義母《かあ》さんのほうですっ。もう何を言われても止めませんからっ。僕が満足するまで、泣こうが喚こうが続けますっ」

興奮が理性を突き抜けて、自分でも知らなかった獰猛《どうもう》さを露呈《ろてい》する。

もはや慎也はただの獣と化していた。この美しくて卑しい熟れた牝に、自らの欲望を注ぎ込む。そのことしか考えられない。

（浮気とか裏切りとか、妊娠の危険なんかどうでもいいっ。お義母《かあ》さんとのセックスにとことん溺れさせてもらうっ）

慎也は歯を食いしばりながら、渾身の力で膣奥を押しつぶし続けた。

（こんな……こんなセックスしてしまうだなんて……っ）

若い牡に跨りながら、弥生は法悦に心身を蹂躙《じゅうりん》される。

一回りどころか二回り近くも年の離れた青年に、これほどの喜悦を与えられるとは予想もしていない。

（奥が……すごいゴリゴリってされて……中もすごく押し広げられて……ああ、たまんない……慎也さんで私の中、いっぱいになってる……っ）

一人身を慰める日々が長すぎたせいか、肉棒から得る喜悦は強烈だった。気を抜くと簡単に果ててしまいそうになる。

「お義母《かあ》さん……ああ、気持ちいい……気持ち良すぎますっ」

義理の息子は必死になって蜜壺を蹂躙してくる。

グチュグチュと卑しい蜜鳴りが部屋中に響き、自らも牝の歓喜を我慢できない。

「ああっ、あああぅ！　またイっちゃう……またイくぅ！」

脳内が一瞬で真っ白になり、四肢の先まで強張《こわば》っては痺れてしまう。時間が経てば経つごとに、肉体は過敏になっていた。

（こんなの……おかしくなっちゃう……もう、慎也さんとのセックスなしじゃいられなくなっちゃうっ）

自らの理性が壊れていくのがよくわかった。

だが、自分の娘の夫を誘惑している時点で、良識も何もない。たとえ、そこにどんな理由があったとしても、だ。

（ああ……壊されちゃう……私、慎也さんに身も心も壊される……でも、それでもいいかもしれない……）

恐ろしさや絶望以上に、期待と幸福感が強かった。

夫はもちろん、それ以前の男たちからも、ここまでの悦楽は与えられなかった。

（私は本当は乱れたかった……何も考えられなくなるくらいに攻められて狂わされて……呆《あき》れるくらいにいやらしい女になりたかったんだ）

心のどこかで求めていた破滅的な喜悦を、慎也は与えてくれているのだ。しかも、彼は自分に女を感じて、これほどまでに全力で興奮している。

（ああ、嬉しぃ……私を求めて、その上でこんなにも狂わせてくれて……こんなの……こんなの無理っ。徹底的に応えるしかないじゃないっ）

弥生は全体重を結合部に集中させる。膣奥深くに男根が突き刺さって、一瞬意識を放しそうになった。

「うがっ！　お、お義母《かあ》さん……うあ、あっ」

驚く慎也を無視して腰を振る。

ゴリッと強烈な摩擦が生まれて、目の前で火花が散った。

「ひぎ、ぃ……いいん！　ああっ、すごいっ、本当にすごいですっ……こんなのっ、あり得ないですぅ！」

はしたない叫びを響かせて、下半身は前後に揺れ続ける。もはや、自分が意識しなくても腰が勝手に動いてしまう。しかも、動きは徐々に激しさを増していた。

「ああっ、壊れるっ、おま×こ壊れちゃいますっ！　ああ、ダメぇっ、私、壊れるぅ！」

おとがいを天に向けて甲高く叫ぶ。

熟れた身体は汗に濡れ、白い肌は桃色に変化していた。

(ああ、またイく……イくの止まらない……っ)

絶頂を口にする余裕もなく、肢体を硬直させては激しく震えた。

顔や身体に黒髪が貼り付き、唇からよだれが垂れても構わない。そんなことに気を向ける余裕すら無かった。

「お義母《かあ》さん……くぅ！」

汗に濡れた顔を歪ませて、慎也が肉棒を突き上げる。

両手でしっかり腰を摑まれると、力任せに揺すられた。前後と上下の異なる喜悦が休むことなく襲いかかる。脳内での閃光が止まらない。

(ひぃ、ぃ……気持ちいいなんてもんじゃないっ。おかしくなっちゃう……私、もう戻れなくなっちゃうっ！)

若牡からの暴力的な悦楽に、熟れた身体は隅々《すみずみ》まで痺れていた。

未知の喜悦を叩きつけられた以上、もう忘れることなど不可能だ。今後もこの異常なまでの肉悦を懇願してしまうのは、想像に難くなかった。

（こんなつもりじゃなかったのにっ。私は……私は……っ！）

絶え間ない絶頂の先に、強大な波が迫ってくる。

すべてを飲み込み崩壊させられる。間違いのない予感に戦慄《せんりつ》と歓喜が交錯した。そして、それから逃れる術《すべ》など無い。

「うあ、ああっ！　イくっ、イくぅ……！　ああ、ああっ！　ひぎっ……！　――っ！」

声にならない悲鳴を響かせた刹那、意識と視界が弾け飛ぶ。恐ろしいほどの法悦に心身は打ちひしがれた。

「ああっ、出ます……うぐっ！」

ほどなくして慎也が肉棒をねじ込んだ。瞬間、二度目とは思えぬ大量の灼熱液が膣奥に叩きつけられる。

（熱いのがいっぱい……ああ、注がれているだけでとっても濃いのがわかる……っ）

精液を忘れていた膣膜に、慎也の白濁液はたまらぬ愉悦を与えてくれた。

途方もない法悦の頂点がいつまでも続いていく。身体に覚える感覚は卑猥な歓喜のみであり、それ以外の感覚は麻痺《まひ》していた。

一体いつまで絶頂に漂っていただろうか。ようやく強張りが解けた弥生は、身体を支えることすらできずに、仰向《あおむ》けの慎也の上へと崩れ落ちた。

「はぁっ、はぁ、ぁ……かはっ……うく、ぅ……っ」

全身は汗でびっしょりとなり、激しく呼吸を繰り返すことしかできない。連続絶頂の壮絶さを表すように、倒れた身体はビクビクと不規則に震えを繰り返していた。

「お義母《かあ》さん、大丈夫ですか……？」

心配そうに慎也は尋ねてくるが、彼もまた盛大な膣内射精に息を切らしている。たくましい腕が背中に回り、弥生を優しく抱きしめてくる。若さを感じさせる引き締まった肉体は濡れていて、互いの汗が混じり合う。重なる二人の体臭が、この部屋の淫靡さを強調していた。

(慎也さんのおち×ちんが、まだ私の中にある……ピクピクしているのがよくわかる……)

本来ならば許されない事実が、弥生の本能をどこまでも刺激した。

膣膜が勝手に収縮を再開し、甘やかな愉悦を全身へと伝えてくる。

「ああ、慎也さん……んんっ、んちゅ」

無意識に青年の唇を奪って舌粘膜を絡ませた。下半身の結合を真似るかのように、深くまで柔舌を挿し込んで、隙間なく朱唇を密着させる。

「んんっ……お義母《かあ》さん……んぐぅ！」

慎也のうめきが口内に響いた。

弥生の腰がまたしても動いてしまう。牝の本能がさらに牡を求めて止まらない。

「んぁ、ぁ……もっとください……もっと私に慎也さんをくださぃ……っ」

はしたない願望はもう消すことができなかった。

弥生は蜜乳を押し付けながら、結合部から卑猥な粘着音を響かせる。あらゆる体液に汚れた感覚すら、脳髄を痺れさせるほどの甘美だった。

（ああ、柑奈……ごめんなさい。私、あなたの旦那さんに溺れちゃう……自分がこんなになっちゃうなんて思わなかったの……ああ、許して……）

形だけの謝罪を心のなかで呟いて、熟れた義母は若牡を貪り続けた。

第二章　人妻義姉の淫らな褐色肌

1

水曜日。夜の帳《とばり》が降りて、街は光に溢れていた。大都会の道路には家路を急ぐ人々が大量の列を成している。

電車は朝ほどではないにしろ、多くの人が詰まっていて、完全に帰宅ラッシュの光景を見せていた。

（どうしよう……柑奈がいないことにかまけて、弥生さんとこんな……）

あの夜からの今朝までのことが、慎也の胸中を曇らせていた。

あの日は朝方までお互いに貪り合った。そのまま二人で寝落ちして、昼近くに目を覚ましてから、一緒にシャワーを浴びつつまたしても……。結局、一日中セックスしかしていなかった。

それ以後、弥生はもう自制が利《き》かなくなってしまったらしい。自分を「弥生」と名前で呼ぶよう求めてきたし、昨日も一昨日も求めてきては、出勤前には手筒や口唇で搾精《さくせい》してくる。今朝などはあの豊乳で挟み込み、いわゆるパイズリで射精を求めてきた。

（いけないことだとわかっているのに……でも、期待している自分がいる。弥生さんの身体を求めて、喜んでしまっている。柑奈を裏切っているってのに、僕は……）

手にしたスマホには柑奈からのメッセージが表示されていた。

出張先での仕事は順調に進んでいるらしい。今日はこのあと、取引先と飲み会なのだという。

（柑奈はこんなにも仕事を頑張っているというのに……）

きっと今夜も自分は弥生を抱いてしまうのだろう。あの白くて柔らかい肉体に触れては舐めて、快楽を求め合うのだ。

（ヤバい……ちょっと考えるだけでチ×コが……っ）

罪悪感を抱いているはずなのに、下半身は本能に正直だった。弥生の身体と快楽を思い出すだけで、血流が集中してしまう。

（はぁ……僕ってやつは、なんて最低なんだ……）

こんなところで他人に勃起を気づかれるわけにはいかない。

慎也は自己嫌悪を抱《いだ》きつつ、腰を引いた上で前をカバンで隠した。


仮の住まいの最寄り駅は、多くの人々で賑《にぎ》わっていた。

駅の周辺はちょっとした繁華街で、居酒屋が所狭しと軒《のき》を連ねているのだ。早くもでき上がっているのか、楽しそうに大声で笑い合う集団まで見て取れた。

（さて、僕はさっさと帰るかな……）

電車内で肥大した肉棒は今も硬化したままで、少し歩きづらかった。

きっとこの状態で帰れば、弥生はすぐに下半身を引きずり降ろして、丹念なフェラチオをしてくるだろう。

柑奈への申し訳無さは消えないものの、それ以上に期待のほうが強かった。

「やっほー。慎也くぅん」

ふいに自分を呼ぶ声がした。誰かと思ってあたりを見渡す。

（あれは……皐月《さつき》さんじゃないか）

駅の柱に背を預け、ニコニコしながら手を振る女性——柑奈の姉で慎也にとっては義姉である若宮《わかみや》皐月だった。

「お久しぶりです。こんなところで会うなんてびっくりした。実家に行ってたんですか？」

「そうだよ。たまには顔を見せないと、って思ってね。そしたら、慎也くんが今、寝泊まりしてるって言うじゃない。だったら、会っておこうかと思ってね」

そう言って白い歯を覗《のぞ》かせる。

（……わざわざこんなところで待ち伏せしなくても、家で待っていれば良かったんじゃ……）

そんなことを思い出してから合点する。

皐月は思い立ったらすぐに行動するタイプの人間だった。良く言えば行動的、悪く言えば後先を考えない。

それは彼女の普段の性格や外見からも簡単に把握《はあく》できた。

（皐月さん、相変わらずきれいな人だな……）

パッチリした二重瞼と少しつり気味の目は左右で美しく均衡している。スラリとした鼻筋からの鼻梁は高く、唇はほどよく厚みがあった。ショートカットの黒髪と小麦色の肌とが相まって、とても健康な印象だ。

(弥生さんとは違うタイプの美人だよな。とても三十二歳には見えない。二十代半ばでも全然通じる)

彼女には弥生と血の繋がりがない。義父が再婚したときの連れ子であった。つまり、柑奈とは父親だけが同じの、腹違いの姉妹である。

「ねぇねぇ、どうせだったらご飯でも食べに行こうよ」

皐月に見惚れていると、彼女が突然そんなことを言ってきた。

「えっ？　でも、僕、弥生さんが食事の用意を……」

「ああ、私から言っておくよ。慎也くんをご飯に誘っちゃったからって。それならカドが立たないでしょ」

皐月はニヤリとすると、慎也の腕を取ってくる。

まるで仲睦《なかむつ》まじい恋人であるかのように、ぴったりと身体を寄せてきた。服越しでも皐月の柔らかい身体が、具体的には乳房の感覚がよくわかる。

「私、いい居酒屋知ってるからさ。そこでいろいろとお話しよう。さぁ、さっさと行こうっ」

こちらの意見など聞く気が無いのか、彼女は勝手に歩き始めた。

こうなっては慎也に拒否することなどもはやできない。弥生への申し訳無さを感じるとともに、淫らな期待も霧散してしまう。

（……あれ？　指輪が無いぞ？）

腕に絡んでくる皐月の手には、以前はあったはずの結婚指輪がない。指輪の跡が残っている様子もないので、さっき外したということでも無さそうだった。

（……何かあったのかな？）

親戚といえど、夫婦関係には立ち入るべきではない。

だが、慎也にはどうにも指輪のことが引っかかって仕方がなかった。

2

連れてこられた居酒屋は、思いの外《ほか》しっかりとした店だった。

豪快な皐月のことだから、場末の立ち飲み屋か、ビールケースを椅子にしたような飲み屋だと思ったのだが。

「こんな個室の居酒屋があるだなんて、全然知りませんでしたよ」

「ふふ、いいでしょ。他人に聞かれたくない話をするときとか、ちょうどいいんだよねぇ」

そう返す皐月は、すでに呂律《ろれつ》が怪しかった。

さっき届けられたばかりのビールジョッキは、いつの間にか半分以上減っている。これですでに三杯目だ。

ちなみに入店してから三十分も経っていない。

(皐月さん、こんなに飲む人だったっけ?)

彼女とは正月などに弥生の家で飲んだことはあったが、ここまでピッチは早くはなかったはずだ。大酒飲みのイメージなどは無い。

(なんかあったのかな……どうにも無理してるように思えるんだよな)

皐月のことは柑奈と結婚した時からしか知らないが、それでも今日の彼女にはいろいろと引っかかるものを感じてしまう。

例の指輪の件がその最たるものだった。

「なによぉ。慎也くん、全然進んでないじゃない。それ、まだ一杯目でしょ?」

つまらなさそうに皐月が言う。目つきがジト目になっていた。

「いやいや……皐月さん、大丈夫ですか? 明らかにペースが早いですよ……?」

「何よ? なんか文句でもあんの?」

「いやいや……そんなことは……」

据《す》わった目で睨まれてしまった。義理の弟でしかない自分には、あまりうるさく言えるはずもない。

彼女は残りのビールを一気にあおり、「はぁーっ」と長く息を吐く。

味や喉《のど》ごしを堪能しているわけではなさそうだった。単純に重いため息のように感じる。

「……さっきから私のこれを気にしてるでしょ」

皐月は左手を掲げると、薬指を見せつけてくる。

(バレてたか……)

言い当てられて少し気まずいが、否定するのも違う気がした。慎也は無言で首を縦に振る。

「……離婚したわけじゃないけどね。でも、心は完全に離れているというか、もうどうでもいいっていうか」

そう言って視線を逸らす。

(浮気でもされたのかな……だとしたら、弥生さんと同じだな)

この一家には男運が無いのだろうか。血の繋がりは無いのに、そんなところが似るのは、傍《はた》から見ていても悲しい。

（……でも、そんなことを僕が言える立場じゃないよな）

毎日浮気を繰り返している事実に胸が痛い。自分だって柑奈にすれば、男運がない証《あかし》でしかなかった。

「……柑奈とは上手《うま》くいってる？」

チラリと向けられた視線にドキッとする。何かを求めるような心細さを感じてしまう。

「ま、まぁ……特にケンカもしないいし、仲良くはやってると思いますけど……」

「ふぅん……」

つまらなさそうに皐月は言うと、なぜか彼女は立ち上がった。そして、自分の傍《かたわ》らへとやってくる。

「さ、皐月さん？」

「ちょっと奥行って」

「え、なんで……ちょ、ちょっと……」

意味が分からず混乱していると、皐月は座席の縁《へり》に尻を落として、そのまま慎也を押してくる。

彼女はぴったりと身体を寄せてきた。引き締まった体躯からは、女特有の甘い香りと若干の塩素の香りが漂ってくる。

彼女が普段はスイミングスクールでインストラクターをしていることを意識してしまい、勃起が脈を打つ。

（いったい何を考えてるんだ？　個室とはいえ、店員さんが来ることもあるのに……）

注文した料理はまだ全てが来ているわけではない。こんな状況を見られたら、変な目を向けられてしまう。

「ねぇ、慎也くんさ……」

ふいに皐月が小声で言う。からかっているのか、その顔には不敵な笑みが浮かんでいた。

「な、なんですか……？」

「柑奈とのエッチ、あんまり上手くいってないんでしょ？」

その言葉は耳元で囁かれ、たまらず首筋がぞわりとした。

「えっ？　な、なんでそれを」

「私は柑奈と何でも話す間柄だからね。血が片方しか繋がっていない分、普通の姉妹なんかよりも仲はいいの」

皐月はニヤニヤしながら言う。

彼女はさらに身体を押し付けてきて、慎也は壁に追いやられてしまった。それでも彼女は少しも離れる素振りは見せない。

(離れてくれ……じゃないと股間が……また勃起してしまう)

帰宅中に弥生とのセックスを期待していたのだ。牡欲は完全に消えていたわけではなく、ちょっとした刺激でもすぐに頭をもたげてしまう。

「それにさ……私、知ってるんだよね」

「なにを……ですか?」

嫌な予感がした。直感的に身体が緊張に蝕まれる。

すると、彼女の片手がすすっと動き、次の瞬間にはスラックスのクロッチ部分に置かれてしまう。そのまま手のひらが滑り始めた。

「ちょっ、な、何をしてるんですか……っ」

「ダメだよ、大きな声出しちゃ。薄い仕切りで隔てられてるだけなんだから、他の人たちに気づかれちゃうでしょ?」

耳元で囁かれ、熱い吐息が耳朶を撫でた。

香ってくるアルコールには蕩けるような甘さが混じっていて、股間での愛撫も加わり男根が肥大を始めてしまう。

「慎也くん、真面目そうな顔しているのに悪い男の子だよね。今だって、どんどん大きくしているし」

ニヤリとする皐月だが、撫《な》で擦《さす》る手は全く止まらず、むしろグッグッと圧迫まで加わり始めた。

「こんなところで……ダメですよ、うぅ……」

「ダメじゃないでしょう？　そもそも、慎也くんはもっとダメでいけないことしてるじゃないの」

皐月の手がスラックス越しに勃起を摑んだ。たまらず「うっ」と呻きを漏らし、表情を歪ませる。

そんな慎也を意地の悪い笑みで見つめる皐月が、ゆっくりと唇を開く。

「……お母さんとエッチしたでしょ？　こんなおち×ちんをナデナデされるんじゃなくて……セックスしたよね？」

慎也は一瞬で肝が冷えた。皐月を見つめる目が見開いて、そのまま固まってしまう。

(な、なんで知ってるんだ……っ)

そんな慎也へ、彼女は面白いとでも言うように、ふふふっと小さく笑ってきた。

再び手のひらが動き始める。その動きは愛撫などではなく、完全に扱《しご》くものだった。

「お母さんとセックスするだけでもいけないのに、今度は私におち×ちんシコシコされて興奮してるんだ？　ホント、悪い男の子だね……」

皐月は間近で慎也の顔を覗き込んでくる。壁際で逃げられない自分にさらに身体を押し付けてきた。

（意味がわからない……僕を咎《とが》めるのかと思ったのに、これじゃまるで……エッチに誘われているようなもんじゃないか）

混乱する慎也だが、こみ上げる愉悦には逆らえない。

皐月の手の中で肉棒は完全に屹立して、何度も脈動を繰り返していた。皐月に絞り出された先走り汁で、パンツの内部にはぬめった感触が広がっている。

「ねぇ、慎也くん」

甘ったるい吐息が耳まわりに絡みつき、たまらずビクッと身体が震えた。

そして、一拍置いたあと、鼓膜に直接語りかけるように言ってくる。

「私とも……してよ？」

慎也の思考はあまりの衝撃に固まった。

3

居酒屋の店内には人々の談笑が響いている。だが、個室形式ということもあってか、通常の店よりは幾分静かだ。

そんな中で、慎也たちのスペースはほぼ無言の状態だった。慎也も皐月も、唇から漏らすのは発情の熱い吐息のみだ。

（こんなことされるのは、絶対に間違っているのに……っ）

皐月が勃起を強弱交《まじ》えて弄っていた。すでに彼女の手はパンツの中へと侵入していて、細い指が肉棒の至る所に絡みついている。

「とっても硬いし太い……ふふっ、これで弥生さんを淫らに狂わせたのね」

皐月はそう囁くと、慎也の首筋にチュッチュとキスの雨を降らせてくる。

それだけで甘やかな愉悦が込み上げて、勃起が歓喜に大きく脈動した。

「おち×ちん、ヌルヌルしてる……すごいよ、これ……」

止めどなく溢れるカウパー腺液を潤滑油《じゅんかつゆ》に、皐月の手筒は休むことなく往復している。グチュグチュと卑猥な水音が、羞恥と興奮を煽ってきた。

（皐月さん、手コキが上手い……うう、あんまりされると出てしまう……っ）

皐月の手淫は粘つくような快楽を与えてきた。まるで肉棒を慈《いつく》しむかのようである。

「ずっとビクビクしてるね。でも、まだ出したらダメだよ……？」

蠱惑的《こわくてき》な笑みを浮かべながら、皐月はねっとりと首筋を舐めてくる。

ナメクジが這うかのような感覚に、たまらず声を漏らしそうになり、慎也は慌てて歯を食いしばった。

「我慢してるんだ？　かわいい……」

皐月の吐息が熱さと濃度を増していた。

健康的な美人が自分の勃起で欲情している。しかも、彼女は妻の姉で、さらには人妻なのだ。

愉悦とインモラルとの複合は、慎也の本能を激しく沸騰させていた。

「皐月さん……ダメです……それ以上は……んんっ」

慎也の言葉は皐月の唇で塞《ふさ》がれた。

手淫だけではなく口づけまでしてきたことに、慎也の興奮と混乱は加速する。

「おち×ちんだけじゃなくて舌もシコシコしてあげる……んんっ、んちゅ」

皐月は甘い唾液《だえき》を流し込みつつ、舌で舌を擦っては唇で挟んでくる。酔いと発情とで赤らんだ顔を前後に振って、自らの口内に抜き挿しした。

(ダメだ……我慢できない……もう出てしまうっ)

密着する皐月の服にしがみつき、射精をこらえてプルプルした。

「んふふっ……そんなに我慢できないの？　しょうがないなぁ……」

唾液に濡れた唇をぺろりと舐めて、皐月がいったん身体を離した。

彼女の顔はすっかり淫欲に蕩けている。気が強そうな女性の発情に崩れた表情は、あまりにも魅力が強すぎた。

「今すぐにでも射精しそうです……すみません、ちょっとトイレに……」

このままパンツの中で射精するわけにもいかない。慎也は牡欲の熱で上気《のぼ》せたようになりながら、なんとか身体を起こそうとする。

が、それは皐月の手によって封じられた。

「何言ってるの。一人で勝手に射精だなんて、許すわけがないでしょ」

卑猥な瞳がギラリと光った。その妙な威圧感に慎也はなす術《すべ》もない。

皐月はふぅふぅと荒く息を繰り返すと、なぜかテーブルの下へと潜り込む。狭いスペースで膝を折ると、慎也の真下から顔を上げてきた。

「な、何をするんですか……？」

「何って……慎也くんだって経験がないわけじゃないでしょ？」

恐ろしいほどの卑猥な笑みを浮かべた皐月が、ベルトの留め具に手をかけた。器用に外してホックとファスナーまで下ろしてくる。

「ちょっとっ。それは流石にここでは……っ」

「ふふっ、パンツがグショグショになってる。ああ、すごい匂い……」

慎也の慌てぶりを無視して、皐月はテントに鼻を近づけた。蒸れて汚れているはずなのに、少しも不快な素振りを見せない。むしろ、発情の熱がさらに高まっているように見える。

「イくのなら……私で思いっきりイきなさい」

パンツごと強引にずり降ろされた。

圧迫するものから解き放たれた剛直が、ブルンと音を立てるかのごとく飛び出してしまう。

「おお……触ったときにも感じてたけど、本当に立派ね。ふふ、エッチなおち×ちんしてるじゃないの……」

反り返っては脈動する肉棒を凝視して、皐月が熱いため息をつく。その空気が勃起に絡み、それだけで鈍い愉悦が生まれ出た。

「皐月さん、こんなところでチ×コを出すなんて……うう……」

「そんなこと言って、萎えるどころかビクビクし続けてるじゃないの。ああ、見てるだけじゃもう我慢できない……っ」

重くぶら下がる陰嚢《いんのう》に触れられて、ピクッと身体が震えてしまう。

しかし、すぐに訪れた悦楽に慎也は驚愕の声を上げてしまった。

膨れ上がった切っ先を皐月が飲み込んできたのだ。

(う、嘘だろ……こんなところで、しかも洗ってもいないのに……っ)

常識外れの光景に、自分の目を疑った。

しかし、こみ上げる愉悦は本物だ。手淫ではありえない温かさと柔らかさは、すぐに焼け付くような快楽となって襲ってくる。

「んふっ……匂いも味も、とっても濃い……ん、んくっ……」

皐月の表情はさらに蕩けたものになっていた。不快感など微塵《みじん》も出さず、それどころか嬉々として肉棒を咥《くわ》えている。

「皐月さん……ああ、そんな奥まで……うぅっ」

瑞々《みずみず》しい唇はゆっくり滑り、肉棒の根本へと到達する。

勃起すべてが熱い口内粘膜に覆われて、たまらぬ愉悦が襲い来た。しかも、粘膜はわずかに絶えず動き続けていて、じわじわと射精欲求を追い詰めてくる。

「ううっ……マズいです……このままじゃ本当に出ちゃいます……っ」

皐月の勃起を咥えている姿を見るだけで、気を抜くと暴発しそうだ。

そんな慎也の状況を悟ったのか、彼女は瞳を潤ませながらニヤリとする。

瞬間、首が仰け反るほどの甘美がこみ上げた。

皐月が口唇を前後に往復しはじめたのだ。

(このままじゃ出ちゃう……皐月さんの口の中に射精する……っ)

いくら誘ったのが皐月のほうからだったとしても、口内射精をするのは気が引けた。

しかし、悦楽は刻一刻とその厚みを増してくる。皮肉なことに、我慢すれば我慢するほど肉棒は戦慄き、カウパー腺液を噴き出してしまう。

「んふっ……んぐ、ぅ……すごいカチカチで、しゃぶるのも大変……」

淫熱に顔を赤くした皐月が、大胆に舌を露出させてから、ねっとりと舐めてくる。

陰嚢を舌で転がしてから、肉幹を滑って亀頭を舐めしゃぶる。そして、再び飲み込んで、たっぷりとストロークを与えてきた。

「うぐっ……あ、ああ……本当にダメです……ぐぅっ」

慎也は両手を拳にして、必死に射精を我慢する。

だが、限界は目の前だった。肉棒どころか身体のあちこちが小刻みに震えてしまう。

あと少し、もう何回か口唇を往復されたら噴出させてしまうだろう。

（弥生さんだけでなく、皐月さんとまでこんなことになるなんて……なんで……どうしてっ）

混乱と罪悪感、そして愉悦が慎也を絶え間なく襲い続ける。

そんな中、個室の扉がノックされた。

「大変お待たせしました。鳥の唐揚げです」

大学生くらいの女子店員が注文した料理を持ってきた。

慎也は一瞬で緊張し、全身がビクンと震えてしまう。

「そ、そこに置いてください……っ」

（マズいマズいっ。こんなところをバレたりしたら……っ）

彼女の様子から察するに、自分たちが淫行に耽《ふけ》っていることには気づいていない様子だ。まさかテーブルの下で女が勃起をしゃぶっているなど、考えもしないだろう。

「……」

皐月も流石に驚いたのか、肉棒をしゃぶる動きをピタリと止めている。

が、大きくなった瞳が徐々に細くなり、邪悪なまでに妖艶な笑みとなった。

嫌な予感がした。

「注文した料理は以上でよろしいでしょうか？」

「はい、これで最後で……ううっ」

湧き上がる快楽に、たまらず呻くような声を漏らした。

皐月が再び肉棒をしゃぶり始めた。音を立てないように動きは緩慢《かんまん》だが、それがかえって愉悦を増幅させてくる。

(何を考えてるんだっ。これじゃ本当に……店員さんの前で出てしまうっ)

店員にバレないように必死で自らの異常さを隠し続ける。

だが、愉悦はもう限界だった。ビクビクと狂ったように反り返りは脈動する。股間の奥底で欲望がいよいよ弾けようとしていた。それをこらえることなど、若い慎也にできるはずもない。

皐月が雁首《かりくび》を舌先でほじり、根本まで飲み込み吸い立ててきた。

瞬間、目の前が真っ白になる。

(ううっ、出る……ああ、射精するっ！)

グッと奥歯を噛み締めた刹那、腰が跳ね上がるほどの衝撃が訪れた。

溜まりに溜まった欲望が、勢いよく皐月の口内を、喉奥深くへと噴出してしまう。

「んぶっ……ふぅ、ぅっ……！」

皐月がくぐもった声を上げてきた。下手をしたら店員に気付かれかねない。

（皐月さん、我慢してっ）

慎也はすかさず両手で彼女の頭を摑むと、グッと引き寄せて固定する。亀頭が喉奥に当たって気道を塞いでしまっているが、今だけは無視するしかない。

「空いてるグラス、お下げしますね」

「お願いし……ます」

店員はテキパキとグラスを集めて持ち上げると、なんの疑念も抱かずに「失礼しました」とだけ言って、個室から出ていった。

緊張が一気に緩み、慎也はドサリと背もたれに身体を倒す。

「んぐぅ、ぅ……んあっ！　はぁ、はぁ、ぁ……あ、ぁ……」

息が限界に達したのか、皐月は激しく頭を振り乱すと、肉棒を吐き出してから激しく息継ぎを繰り返した。

唾液を垂らした口内には、白濁液は見当たらない。

（皐月さん、飲んだのか……マジかよ……）

こんなにも健康美に溢れる女性が、顔をグシャグシャにして淫らな吐息を繰り返しながら放心している。額にはじとりと汗が浮かんで、艶やかな前髪が貼り付いていた。

その光景を見るだけで、果てたばかりの股間に新たな疼きが生まれてしまう。

「慎也くん、意外とドSなんだね……私、キュンキュンしちゃった……」

舌足らずに呟く皐月だが、目の前で肥大を続ける勃起に目を丸くする。

「……ふふっ、一回出しただけじゃ満足しないってことね」

皐月はねっとりとした視線で見上げると、再び亀頭を口に含《ふく》む。そのまま ちゅうっと中に残った精液を吸い出した。

「ううっ……出したばっかりだから今は……ああっ」

過敏になった勃起にその刺激は強烈だった。たまらず身体がビクビクと脈打ってしまう。

「でも、おち×ちんはまだまだ気持ちよくなりたいって言ってるよ。もう……さっきとまったく変わらないじゃないの」

吸い上げたあとは、ゆっくりと舐めてくる。唾液にまみれた柔舌が複雑に絡みつき、それが肉幹や陰嚢にまで伸びてきた。

「ねぇ……いいでしょ？」

媚びるような瞳にドキリとする。よくよく見ると、彼女の下半身はゆっくりとではあるが、間違いなく揺れていた。

(そんな姿で求められたら……断れるわけが無いじゃないか)

罪悪感が胸に染みるが、それ以上に牡としての本能が勝ってしまう。

結局、慎也は首を頷《うなず》かせてしまった。

「うふふ……じゃあ、唐揚げだけ食べて行きましょうか。私……もう欲しくて欲しくてたまらないの……」

皐月の腰がさらに大きく動き始める。円を描くようなその動きは、あまりにも蠱惑的だ。

(皐月さんがこんなにエッチな人だったなんて……弥生さんといい、この家族は何かあるのか……？)

およそ現実とは思えぬ展開に、慎也は股間を脈動させることしかできなかった。

4

「皐月さん……んんっ、んぐっ」

「ああ、慎也くぅん……ああ、積極的ぃ……」

居酒屋からほど近いラブホテル。チェックインした部屋に入ったとたん、慎也は皐月と濃厚なキスに興じていた。

もはやベッドどころかソファーに腰掛けるまでの時間も惜しい。部屋に入るなり、皐月を強引に抱き寄せて唇を奪ってしまった。

(熱くてトロトロとってても甘い……ああ、皐月さん、キスまで気持ちいいじゃないか……)

熟れ始めた義姉の口づけは、あまりにも魅力が強かった。求めれば求めるほどに粘膜同士が絡み合い、一瞬たりとて離れがたくなってしまう。

「ああ、もっとぉ……もっとちゅーして……もっと貪ってぇ」

一方の皐月もすっかり自分とのキスに酔いしれている。スーツにしがみつくようにして身体を押し付けては、ねっとりとした動きでいつまでも舌を絡めてきた。

(塩素の匂いと皐月さんの香りが合わさって……興奮が止まらない)

美しく滑らかな肌にピッチリとした競泳水着が貼り付いて濡れている姿を想像するだけで、すでに肉棒ははち切れんばかりに膨らんでいた。

「あぁん……居酒屋からずっとガチガチ……素敵ぃ」

皐月が破れそうなほどに盛り上がる股間に手を添える。そのまま揉むようにして弄ってきた。

「うぐっ……皐月さんも十分積極的ですよ……」

「ふふっ、もっと奥手で恥じらいのある方が好き？」

コケティッシュな笑みの中で双眸《そうぼう》が答えを期待していた。自分がどう返事をするかをわかっているのだ。

だから、慎也は望み通りの言葉を紡《つむ》ぐ。不思議と悔しさなどは微塵もなかった。

「積極的な皐月さん、とてもいいです。はぁ、ぁ……めちゃくちゃ興奮します」

「嬉しい……いっぱい色々したくなっちゃう」

皐月はさらに舌をねじ込み、大胆に口内を貪ってくる。

反り返りの硬さや形を確認するように、何度も手を往復させて、ついには亀頭部分を爪の先で引っ掻いてきた。それだけで膝がガクガクとしてしまう。

「ねぇ、ベッド行こう……？　もう……しようよ？」

濃厚な甘さを含んだ吐息を繰り返し、皐月が慎也を室内へと引っ張っていく。

扉を開けた先は、いかにもラブホテル然としたけばけばしい内装《ないそう》の部屋だった。

赤と黒を基調にしていて、しっかりときれいではある。だが、そんなことに興味を向ける余裕など、今の慎也には微塵もなかった。

「皐月さん……っ」

慎也はベッドに皐月を押し倒すと、自らのスーツを脱ぎ捨てる。一刻も早く、全身の素肌で彼女の肉体を感じたかった。

「ああ、慎也くぅん……」

慎也が衣服を剝ぐ間、皐月は発情に蕩けた瞳でじっと見つめていた。はぁはぁと熱い呼吸を繰り返し、緩慢な動きで下半身を揺らし続けている。

最後に残ったパンツを脱ぎ捨てて、ドロドロに汚れた屹立を披露《ひろう》する形になる。

瞬間、皐月が「ああっ」と卑猥なため息を漏らした。

「さっきよりもすごいかも……ああ、これが私の中に……」

すでに挿入を想像して、皐月が勝手に身体を震わせる。

(なんてエロい人なんだ……弥生さん以上にすごいんじゃないか……)

これが皐月の本性ということなのか。だとすれば、いざ性交するとなったら、いったいどれだけ乱れ狂うのか。考えるだけで興奮に頭の中が弾けそうだった。

「私も……今脱ぐからね……はぁ、ぁ……」

皐月はふらふらと身体を起こすと、いそいそと衣服を脱ぎ始める。

滑らかな肩が現れ、引き締まったウエストが晒され、張りを忘れていない太ももが照り輝く。

（ああ、なんてエッチな身体なんだ……たまらない……っ）

皐月の下着は黒いレースをふんだんに使ったものだった。褐色めいた肌色に黒がこれほどまでに美しくて妖艶に映ることを初めて知る。

「うふふ……おち×ちん、ずっとビクビクしっぱなしじゃない。私の身体に興奮してくれているんだ？」

皐月はにへらと笑うと、少し両脚を左右に割った。

「脱がせて……慎也くんの手で私のすべてを見て……」

甘い囁きに慎也は無意識に引き寄せられた。

肌理《きめ》が細かく照り輝く黒肌を撫でてから、両手をブラジャーのホックに回した。

プツン、と小さな音が聞こえたと同時に、張っていたブラジャーが一気に緩む。

ストラップが肩を滑って、腕の関節で止まった。少し動かせば、もう乳房は丸見えだ。

「弥生さんや柑奈と比べれば、大したことないおっぱいで申し訳ないけれど……」

若干の不安さを滲ませつつ、皐月が腕をだらりと下げる。ブラジャーがぱらりと舞い落ちた。

「ああ……めちゃくちゃきれいです……っ」

考えるより先に言葉が出ていた。

さらけ出された乳丘は張りも形も失っていない。大きさこそ弥生や柑奈と比べるのは酷であるが、まごうことなき美乳だった。

(乳首がツンと突き出ているのが、またエッチで……っ)

五百円玉ほどの乳暈の中で、小豆《あずき》より少しだけ大きいサイズの乳頭が硬く膨れている。よくよく見ると、乳暈までもがうっすらと盛り上がっていた。

(なんてエッチなおっぱいなんだ……見てるだけでたまらない……っ)

「ふふっ……こんなサイズでも、一応おっぱいは垂れないように気をつけているからね。さぁ……下も脱がせて?」

皐月は首元まで真っ赤に染めながら、慎也の方へと下半身を突き出してくる。

薄い黒布の中に広がる淫靡な光景を想像するだけで目眩がしそうだった。最大限にまで硬化した勃起が大きく脈打ち、その衝撃は痛いほどだ。

「ぬ、脱がし……ますよ……」

緊張と興奮とで声が震えた。鈍く照り輝く黒い肌から、ゆっくりとパンツを抜き取っていく。

緩やかに盛り上がる恥丘が現れ、続けて切れ込みの上部が見えた。

瞬間、慎也は無意識に声を上げてしまう。

「えっ……毛が……無い？」

皐月の秘所は予想を遥かに超える衝撃的な光景だった。

本来ならばあるはずの恥毛が一切見当たらない。小麦色の美しい地肌が女体の聖域を覆っているだけだった。

「なぁに？　慎也くん、パイパンは初めてなの？」

皐月はそう言うとニヤリとする。

「水着を着る仕事だからね。毛の処理が面倒くさくなっちゃって、アソコはもちろん全身脱毛しているの。将来、介護されることになった時にも楽だしね」

今日、女性のみならず男性でも全身脱毛している人が増えているのは、慎也も情報としては知っていた。

だが、実際に施術をした人間と肌を重ねるのは初めてだ。しかも、それが皐月であろうとは考えもしない。

（パイパンのアソコなんて初めてだけど……ああ、とってもエッチだ……）

ただでさえ許されぬ罪悪感まみれのセックスを、無毛の聖域がさらに背徳感を増幅させる。

肉棒は未知の経験に歓喜していた。これ以上は肥大できないのに、血流が止まらない。

「慎也くんになら見せてあげる。パイパンの浮気おま×こ……しっかりと見て」

パンツがくるぶしへと滑り落ちてから、皐月が大きく脚を開いた。

「ああっ、すごい……ですっ。はあ、ぁ……」

卑猥極まる股間の姿に、慎也は感嘆してしまう。

左右で対称を描く肉羽がぱっくりと開いていた。大きめの牝芽は完全に露出している。それらを濃厚な牝のシロップが厚い膜となって覆っていた。

(ツルツルのおま×この周りにまで愛液が広がって……すごくいやらしい)

淫華からこぼれた女蜜は周囲の素肌までをも濡らしていた。キャラメル色の肌が濡れ光る様は、あまりにも淫猥だ。

「ああ……見られてるだけで感じちゃう……こんなおま×こでいいなら、もっと見てぇ」

すっかり痴女と化した皐月が、クッと淫裂を突き出してくる。

露出したピンクの膣膜は絶えず収縮を繰り返していた。その度にクチュッと蜜鳴りが響いてきて、とろみの強い淫液を湧き出している。

（ああ、入れたい……今すぐに入れたい……っ）

もう慎也の脳内は、皐月と結合することしか考えられない。柑奈への裏切りだとか皐月に浮気させるだとか、すべての雑念は消え失せていた。

「ねぇ、慎也くん……来て？　早く私と繋がってぇ」

発情で呂律が怪しい皐月は、緩慢に股間を揺らして慎也を誘う。

芳醇な牝の香りに引き寄せられた。満開の淫華が甘美な背徳を想像させる。

「ああ……皐月さんっ」

牡欲をこれ以上はこらえきれない。慎也は皐月に覆いかぶさると、いきりたつ肉棒の先端を泥濘へと接着させる。

「あああっ……はぁ、ぁ……入ってくる……うううぅん！」

プチュプチュと音を立てて肉棒が蜜壺へと侵入していく。膣膜が瞬時に絡みつき、中へと引き込んでくる。

「うぐっ……皐月さんの中……ああ、気持ちいい……っ」

弥生とも柑奈とも違う悦楽だった。

細身《ほそみ》で引き締まった体躯が反映されているのか、皐月の内部はしっかりと肉棒を締め付けてくる。狭いというわけではなく、膣膜が吸い付き食い締めてくるのだ。

(ヤバい……これ、長く保《も》たないぞ……うう、皐月さん、おま×この中までエロすぎるよっ)

「はぁ、ぁ……来て……奥まで……一番奥まで早く……はぁ、ああん!」

皐月が待ちきれないとばかりに腰に脚を絡ませて、慎也目がけて股間を押し出す。

グチュッと卑猥な水音とともに、勃起のすべてが埋没した。亀頭に受ける圧迫は、紛《まぎ》れもなく皐月の最深部だ。

「うぐぅ……皐月さん、押し付けないで……うあ、ぁっ」

思わず情けない声を出してしまう。皐月は挿入するやいなや、膣奥を押し付けながら腰を揺らし始めた。

「ダメぇ……じっとなんかしてられないの……ああっ、中がパンパンになって……ぅうっ」

媚びるような甘い口調で、グチグチと蜜鳴きを響かせる。

徐々に股間の動きは速くなった。同時に締め付けと熱さまで増してくる。

「ああっ、すごいぃ……気持ちいいよぉ……慎也くんのおち×ちん、気持ちいい……っ」

蕩けた瞳はますます輝き、しっかりと自分を見つめてくる。締まりのなくなった唇から牝の歓喜を繰り返し、ショートカットの髪が白い枕の上で跳ねる。

（そんなに求められたら……僕だってたまらない。我慢なんてできない……っ）

迫りくる射精欲求をこらえつつ、慎也は肉棒を突き出した。

グリッと最奥部を抉る感覚と同時に、皐月の上半身がビクンと反り返る。

「うあ、ぁっ！　それ……あ、ああっ、すごいぃ！」

勃起の攻めにすぐさま反応する皐月に、慎也の興奮は加速する。

艶《なま》めかしく光る脚を慎也の腕に引っ掛けて、淫華を真上に向けさせる。その状態から深々と突き刺した。それを何度も繰り返す。

「あ、ああっ、ひぃん！　気持ちいいっ、気持ちいいよぉ！」

頭を何度も振り乱して、快楽のままに叫び続ける皐月。

義姉の淫ら極まる姿に、慎也の牡欲がどこまでも沸騰してしまう。

「皐月さんっ、本当にエッチ過ぎです……ああっ、僕も腰が止まらないっ」

汗ばんだ黒い肌からは、塩素の香りと甘い香りとが濃厚に漂っていた。挿入の喜悦だけでなく、五感すべてで彼女は慎也を追い詰めてくる。

（もう浮気だろうがなんだろうがどうでもいいっ。皐月さんを徹底的に貪ってやる

っ）

慎也は肉棒を繰り出しつつ、濡れた黒肌に舌を這わせる。首筋や肩に舌を滑らせて、ついには硬く実った乳頭を舐め回す。

「ひあ、あっ！　おっぱいまで……ああっ、んあぁ！」

舐めるだけでなく吸引して、その状態で舌先で弄《もてあそ》ぶと、皐月はより甲高い声を響かせた。

全身がビクビクと痙攣し、しがみついてくる腕と脚が硬直する。絶頂の予兆だった。

「皐月さん、イくんですねっ。イってくださいっ」

乱れ狂う義姉の果てる姿を見てみたい。慎也は汗ばむ腰をしっかり摑んで、剛直を貫《つらぬ》くスピードを上げていく。

「ああっ、あはぁっ！　ダメっ……ああ、イっちゃうっ、イくうんっ！」

整った顔をクシャクシャにして、皐月が喜悦の頂点で鳴き叫ぶ。

しがみつく手が爪を立て、慎也の肌に食い込んだ。そのままガタガタ震えたかと思うと、ドクンと裸体が突き上がる。

膣膜がギュッと勃起を食い締めて、尻を浮かせた状態で硬直した。

「ああっ、皐月さん……僕も……っ！」

皐月の激しい絶頂に牡欲をもうこらえきれない。

肉棒を蜜壺から引き抜くと同時に、ついに衝動は破裂した。猛烈な勢いで大量の白濁液が飛び散ってしまう。

（ううっ、二回目だっていうのにすごい量だ……ああ、まだ出る……っ）

弧を描いて放たれた精液は、腹部と胸はもちろんのこと、一部は彼女の口元あたりにまで飛沫《しぶ》いた。

黒い肌に白濁の欲望液が映えていた。あまりにも淫靡な光景に、意識がクラクラしてしまう。

「はぁ、ぁ……んあ、ぁっ……いっぱい出てる……ああ、すごいぃ……」

不快感を覚えてもおかしくないのに、皐月は恍惚とした顔をしていた。自らの腹部や胸に浴びせられた精液を指で触れる。

「ああ……熱くてとても濃い……肌から酔っちゃいそう……」

そのままゆっくりと身体へと塗り拡げた。褐色の肌が粘液に濡れて鈍く輝く。室内の空気は牡と牝の淫らな匂いに包まれて、空間をさらに卑猥なものへと変化させていた。

「こんなの中に出されてたら妊娠しちゃってるかもね……でも……私は中出しされて

もよかったんだよ？　ふふっ……」

塗り拡げていた指をぽってりとした唇で挟んで、チュパチュパと音を立ててしゃぶり始めた。

顎や首筋に付着した精液は掬い取り、それもなめとってしまう。

「ああ……本当に濃い……たまんないぃ……」

絶頂したばかりの膣膜がキュッと収斂《しゅうれん》するのが見えた。ドロリと牝蜜が溢れてきて、菊門を伝ってシーツへと流れていく。

(皐月さん、どこまでエッチなんだ……柑奈はもちろん、弥生さんよりもエロいんじゃないか……)

盛大な射精をしたばかりだというのに、ペニスには再び疼きが生まれていた。

半立ちだった分身は徐々に硬度と角度を増して、あっという間に肉槍へと姿を戻してしまう。

痴女の本性を露《あら》わにした皐月が、それに気付かないはずがない。

「またおっきくなってるじゃない。このまま続けられそうね」

呼吸も整わないのに、瞳には卑猥な炎が揺らいでいた。

5

皐月と慎也は風呂場にいた。

ベッドで続けようとは思ったものの、さすがに精液まみれのままではまずい。

(私は慎也くんの精液の匂いに包まれているの、嫌いじゃなかったんだけどなぁ)

一度、身体を重ねて自身の淫らさを披露したせいか、皐月はすっかり本能に素直になっていた。

今だって慎也のペニスを丹念に洗っている。というよりは、完全に扱いてしまっていた。

「あぐっ……皐月さん、それ……」

「ふふっ、もっと気持ちよくなりなさい。好きなだけ何度でも……枯れるまで搾《しぼ》り取ってあげようか？」

青年の耳元で囁けば、彼はビクンと身体を震わせた。

(私とのエッチで素直に感じてくれて……嬉しい)

男との戯れがこんなにも楽しいと思えるのはいつぶりだろうか。

そもそもセックス自体が久々だった。セックスレスだった肉体には、慎也の若い衝動はあまりにも魅力が強すぎる。

(私が相手でも、こんなにおち×ちんガチガチにして……いろいろしてあげたくなっちゃう)

皐月は結婚して四年が経つが、夫婦関係は完全に冷えていた。

理由は夫からの度重なる自分への否定の言葉。最近の言葉で言うモラハラだった。

(この大して大きくないおっぱいや、色黒な肌にパイパンなアソコも……慎也くんは全部、受け入れて興奮してくれて……私を女として求めてくれた)

すべて夫から否定されていたことである。場合によっては罵倒めいた言葉まで浴びせられていた。

女としても、人間としても自信の無くなっていた皐月にとって、慎也を誘惑したのは一世一代の勝負であった。そして、その結果は想像以上に素晴らしい。

(勇気を出して今日誘って、本当によかった……けれど、自分がまさかここまでいやらしい女だったなんてね)

自らの卑猥さに自分自身で驚いていた。昔から色事への興味は強いほうではあったが、ここまで積極的にふるまうとは思いもしない。今までの鬱屈した日々の結果であろうか。

「皐月さん……ダメです、あんまりされると出ちゃいますっ」

慎也の叫びにも似た言葉にほくそ笑む。泡まみれの両手の中で、たくましい若竿が力強く跳ね上がり続けていた。

「言ってるじゃないの、好きに出してって。それに……私、慎也くんがいっぱい精子を出しているところが見たいなぁ」

皐月はそう言うと、手筒の動きを加速させる。もう片方の手は陰嚢を揉み、さらにはわき腹や太ももあたりを撫でまわす。

（もっと全身で私を感じて気持ち良くなって）

背後から身体を密着させて、自分の肌を擦りつける。張りを保持する小麦色の肌がボディーソープで滑る様は、自分で見ても煽情的だった。

（それに、こうやって身体が擦れるの気持ちいい……ああ、アソコがジンジンしてくる……っ）

ただでさえ疼いていた膣奥が熱を持つ。蜜壺というよりは子宮が慎也を欲していた。

肉棒を入れるだけでは満足できないだろう。やはり、あの熱くて濃厚な牡液を直接注いで貰《もら》わなければならない。それが皐月の本能からの欲求だった。

「慎也くん、ごめん。手コキでの射精は無しにして」

皐月はシャワーを手に取り、泡まみれの勃起を流す。剛直は硬くてたくましい反り返りを誇示していて、浴びせられる水流を弾いていた。

「はぁっ、はぁ……皐月さん、どうして……っ」

発情に息を切らして、切なそうに慎也が振り向く。

その視線に今度は胸の奥が甘く痺れた。それは自分のような女には不釣り合いだと思っていた母性の感情だった。

(かわいい……もっと気持ちよくしてあげたいっ)

「ねえ、こっちを向いて」

皐月はそう言うと洗い場に尻をついて、振り向いた義弟に大きく脚を開け放つ。

彼の目が見開かれ、視線が淫華に集中した。それだけで蜜壷全体に甘やかな痺れが広がってしまう。

「出すなら……ここで出して。さっきみたいに思いっきり……今度は……中にだよ?」

とんでもないことを口にしている自覚はあった。膣内射精をされてしまえば、それはもうセックスではなく生殖行為である。

（でも、もう我慢できない……慎也くんに中出しされたい。一番奥に思いっきり出されたい……っ）

卑猥で危険な願望が、勝手に腰を揺らしてしまう。牡を誘うはしたない動きは、自分の意志ではもはや止められるものではない。

「ああ……皐月さん……っ」

慎也の目は血走っていた。限界まで反り上がった肉棒が、先走り汁の雫《しずく》を垂らしている。

「早く来て……ああ、もう耐えられないの……早くぅ」

後ろに手をつき、股間を突き出す。ドロリと愛蜜がこぼれる感覚があった。

「僕、もう加減できませんから……あ、ああっ」

慎也がにじり寄って勃起を押し付けてくる。

瞬間、肉槍に蜜壺の奥が貫かれた。

「ひぎぃ、っ！　あ、ああっ……いきなり……来たぁ……はぁ、ぁっ」

剛直の圧迫と衝撃に、視界の中で無数の星が舞う。頭の中が一瞬、真っ白になった。

（入れられただけでイっちゃった……）

絶頂の余波で黒い身体はガタガタと震えた。ぼんやりした視界が暖色に染まる天井を映し出す。

が、それは次の瞬間には原色の光に覆われた。

「あ、ああっ！　ダ、ダメっ、イったばっかりなのっ、待って……うあ、あっ」

「もう加減しないって言ったじゃないですかっ。イったばかりなら、またイっちゃえばいいんですっ」

慎也の貫きは一切の躊躇《ちゅうちょ》が無かった。対面座位で皐月の腰を引き寄せると、最初からトップスピードで男根を打ち込んでくる。

（ああっ、本当にダメっ……気持ちいい感覚がさっきよりもすごいっ）

絶頂から戻りきっていない肉体には、あまりにも強烈な快楽だった。身体を支える両腕がガタガタと震え続けてしまう。

「ううっ、皐月さんのおま×こ、締め付けが強くて……ああっ、本当に気持ちいいっ」

慎也は歯を食いしばり、額から汗を垂らして一心不乱に腰を振ってくる。

（私相手にそんなに必死になって……どうしようもないほどに嬉しい……っ）

女としての矜持《きょうじ》が満たされて、幸福な感情が溢れ出る。

結合部はすっかり淫液でドロドロになり、細かく泡立ち白濁と化していた。漂う性臭は濃厚で、嗅ぐだけでエクスタシーに達してしまいそうだ。

「ああ、もっと求めてっ。私をもっとグチャグチャにしてぇ！」

昂《たか》ぶった感情のままに皐月は叫ぶと、慎也に力いっぱい抱きついた。

吐息を弾ませる唇を、上からすかさず奪う。そのまま激しく舌を乱舞させた。

(気持ちよすぎて、幸せすぎて……もう何がなんだかわかんない……っ)

口内はもちろん、唇やその周りも荒々しく舐め回す。慎也はそれに呼応して、自分にも同じようなことをしてきてくれた。

互いの唾液が混じり合い、糸を引いて顎から垂れた。口づけというよりは、唇を貪り合うと言ったほうがいい。

(ああ、腰の動きも止まらない……むしろ、どんどん激しく動いちゃう……っ)

慎也の股間に跨《また》がって、自ら膣奥を押し付けては前後左右に腰を振る。円を描くように動かして、膣膜の敏感なポイントからの甘い電流に脳髄をスパークさせる。

「いぎっ、いいぃ……イくっ……はぁ、あっ、イくぅう！」

こみ上げる激悦に叫びつつ、身体を硬直させては戦慄かせる。高い室温と湿度とで、キャラメル色の肌は汗に包まれていた。

「イってくださいっ。何度でもイってくださいっ」

慎也は皐月の腰をしっかり摑むと、強引に下半身を突き上げてきた。絶頂の最中にさらなる喜悦が襲い来て、意識も思考も混濁する。

「ダメ……ああっ、下から突いちゃダメっ、狂っちゃう、おかしくなっちゃうっ！」

恐ろしいほどの快楽に皐月はブンブンと頭を振り乱す。既に髪の毛も濡れてしまい、ショートカットの黒髪からは、いくつもの水滴《すいてき》が飛び散った。

(こんなのダメ……私、元に戻れなくなっちゃうっ)

破滅的な快楽の瀑流に皐月は絶叫するしか術がなかった。

しかし、本能だけは喜悦に忠実だ。慎也の猛り狂う獣欲に歓喜して、腰は激しく動いてしまう。グチュグチュと淫猥な粘着音が嬌声とともに浴室内に響き渡った。

「ううっ、奥がすごく擦れて……ああ、めちゃくちゃ気持ちいいですっ」

いつの間にか慎也は仰向けに倒れていて、騎乗位の姿勢になっていた。

真下から貫いてくる肉棒が、凶悪なまでの悦楽を生み出してくる。子宮口を潰されるたびに、頭の中が真っ白になった。もはや何度繰り返しているか定かではない。

「ひっ、ひぇ……はぁ、ぁ……気持ち、よすぎるのっ、もう私、バカになる……んあ、あっ」

閉じることを忘れた唇からだらしなく舌を垂らしてしまう。唾液を飲み込むこともできなくなり、だらだらとこぼし続けていた。

「皐月さん、なんて姿で……ううっ」

下品極まる姿の皐月に、慎也の勃起が一回りほど肥大した。

ぐっと両手で腰を摑まれた瞬間に、恐ろしいほどに硬化した肉槍が膣奥に叩きつけられた。

「うがぁ、っ！　やめ……ああっ、それダメっ……もう無理ぃっ！」

突き上げられる度に喜悦が爆発し、もう身体を支えられない。

皐月は崩れるように慎也の身体へと倒れるが、それでも彼は肉杭の打ち込みを止めなかった。

（もう何がなんだかわからない……壊れる……私が壊れちゃうっ）

牡の凶暴さに牝欲が全力で応えてしまう。血肉は沸騰したかのように熱くなり、褐色の素肌は止めどなく噴き出る汗に濡れそぼつ。

その身体を青年がきつく抱きしめてきた。彼の身体も汗に濡れ、肌が滑る感覚がたまらなく甘美で仕方がない。

（ああっ、出して……中出ししてっ。私の中にいっぱい慎也くんをちょうだいっ）

禁断の膣内射精を肉体と本能は懇願する。無意識に自らも股間を振り落とし、性器同士を深く強烈にぶつけ合う。

「ううっ、もう限界ですっ。出ます……出るぅ！」

慎也が叫ぶとともに、力いっぱい肉棒で串刺してきた。

視界に無数の星が舞う。頭の中は真っ白になった。

「ああっ、出してっ！　中でイってぇ！　精子、いっぱい出してっ！　あ、あああぁ！」

吹き荒れる牝悦の嵐が皐月を飲み込む。

瞬間、膣奥で熱い爆発が起こった。すぐに媚膜《びまく》と子宮口が焦《こ》がされる。

（イくっ、すごいの来るっ……壊れるっ！）

思い切り慎也の身体に爪を立てたと同時に、全身がバラバラになるような衝撃が湧《わ》き起こった。

「イ……くぅ！　あ、ああっ……ひっ、いぃ！　――っ！」

声も出せない激悦に小麦色の身体を硬直させた。背骨が折れるかというほどに背中を反らして、亀頭を潰す勢いで牝壺の底を押し付ける。

（すごい……イくのが……終わらない……っ）

肢体の硬直がいつまでも解けない。呼吸すらまともにできず、ぷるぷると全身を小刻みに震わせるだけだ。

膣奥にはおびただしい精液が浴びせられている。淫膜を焼くかのような熱さが喜悦へと変化して、皐月の牝悦はとっくに限界を振り切っていた。

いったいいつまで続いたのか。時間の感覚すらあやふやな皐月は、ようやく絶頂から下り始める。

一気に身体が弛緩して、慎也の胸元へと崩れ落ちた。

「はぁ、あっ……ああっ……かは、っ……うあ、ぁ……」

四肢や蜜壺どころか脳内すらも痙攣していた。言葉など発することは叶わずに、ただただ狂ったように息継ぎを繰り返す。

「はぁ、っ……あぁ……皐月さん、大丈夫ですか？」

同じく熱くて荒い呼吸を繰り返す慎也が、心配そうに声をかけてくる。それに皐月は、首を頷かせることしかできなかった。

（こんなの知っちゃったら……もう忘れることなんてできない……何回でも経験したくなっちゃう……）

義弟とのセックスというタブーを犯し、さらにはそれに溺れようとしている。そこに生じた背徳感は、同時に恐ろしいまでの甘美さも湧きたたせていた。

「んあ、ぁ……慎也くん……んんっ」

緩慢な動きで頭を上げて、唇と舌を求めてしまう。

青年の口から与えられる熱さと柔らかさがどうしようもなく愛おしい。

それはすぐに牝の本能に直結した。幾分硬さを失った肉棒を媚膜が締め付け、ゆっくりと腰が揺れてしまう。

（ああ……止まらない……止められないの……私、あんなにすごいイき方したばかりだというのに……また欲しくなっちゃってる……っ）

自らのはしたなさに絶望的な気分になるのは一瞬だった。意識と思考はすぐに喜悦に染まってしまい、さらなる淫楽を求めてしまう。

浴室内に男と女の発情臭がむせ返りそうなほどに満ちていた。その濃度はどこまでも高くなっていく。

結局、皐月と慎也がホテルを出たのは、東の空が明るくなり始める頃だった。

第三章　静かな義妹の激しい情欲

1

「そっか。じゃあ……実家の住み心地はいいってことだね。よかった……ぅ、んっ」

仕事からの帰り道、慎也は柑奈とメッセージアプリで通話していた。

柑奈はもうホテルに着いているらしい。今日は比較的楽な日程だったそうだ。

「柑奈は今度の日曜日に帰ってくるんだよね。土曜日もそっちにいないといけないなんて大変だな……」

「仕方がないよ。色々とすることが……はぁ、ぁ……あるから……んんっ」

先ほどから柑奈の口調がどこかおかしい。発言は途切れ途切れで、声色《こわいろ》には妙な甘さを感じさせる。

（大丈夫かな？　疲れて風邪でもひいたのか？）

「お母さんとお姉ちゃんも……慎也のこと、とても良く言ってたよ……うぅ……いったい、二人とどんな風に過ごしたの？」

思いもしない質問にドキリとした。全身に緊張が走って硬くなる。

「ど、どんなって……普段の生活とか仕事とかの……至って普通のことだよ」

一文字発する度に鼓動が激しくなり、首筋や背中に嫌な汗をかいてしまう。

「ふぅん……そっか……じゃあ……ぁぅ……紫苑《しおん》のこともよろしくね。今日から実家に帰るって言ってたからさ」

紫苑とは柑奈の妹のことで、今年、隣県の大学に入ったばかりの十八歳だ。皐月とは違って、彼女たちは完全な姉妹である。

（紫苑ちゃんか……僕、あまり好かれてないと思うんだよな……）

彼女の名前を出されて表情が曇ってしまった。

紫苑はひと言で言えば寡黙な女性だ。基本的には無表情であり、何を考えているのかわからないところがある。

「紫苑ちゃんは……うん、まぁ……あまり関わらないだろうけどね」

これまで彼女と会話をした回数は、おそらく片手で数えるくらいしかないのではないか。今までも慎也がこの家にお邪魔するときは、自分の部屋にこもっているのが常だった。

「そんなこと言わないで……うぅ……紫苑はあんな性格だけど、本当は慎也と仲良くしたいと思ってるんだから……くふっ……」

「そうかなぁ……嫌われていると思うんだけどな……」

「自分の意志を出すのが苦手なだけなの。あの子の本心は姉妹である私がよくわかって……うぐ、ぅ……」

（おいおい、大丈夫かよ？）

紫苑のこと以上に、柑奈の様子が気になって仕方がない。やはり、今日の彼女はどこかおかしい。

「柑奈、どうしたの？　さっきから何か変だぞ？」

「そ、そうかな……はは っ……ちょっと疲れてるみたい。今日はもう休むね。それじゃ、おやすみなさい」

そういうと、一方的に通話を切ってしまう。

（体調が悪いのかな……？　それにしては、妙に色っぽいというかエッチな感じだったけど……）

まさか誰かと浮気でもしているのだろうか。エロ漫画などでよくある、セックス中に夫や家族に連絡させるというプレイに興じているのではないか。

（……まぁ、浮気という点では、僕も何も言えないけれどな……）

柑奈に隠れて彼女の母親や姉と通じてしまった。そして、罪悪感を抱きつつも二人との関係を断つという選択を考えられない。

（どう考えても最悪だな……どうすればいいんだろう……）

そもそも柑奈のように美人で頭が良くて仕事のデキる女が、自分のような冴えない男と籍を入れていることがおかしいのだ。

いよいよ愛想を尽かされたとしても不思議ではないし、むしろそれが当たり前であろう。

（……ダメだダメだっ。こんなこと考えていたら気分が落ちてしまう。さっさと帰ってお風呂にでも入ろう）

今夜、弥生は友人と食事をするとのことで、遅い帰宅だと言っていた。つまりは、有馬宅には自分と紫苑しかいないことになる。

（紫苑ちゃんと二人きりか……ちょっと気が重いけど、彼女はいつも通り自室から出てこないだろうな……）

若干憂鬱《ゆううつ》になりながら、慎也は既に慣れ始めた家路を急いだ。

2

有馬宅に着くと、やはり紫苑が帰宅していた。

ただし、出迎えたり声をかけてくることはない。玄関に彼女のものと思われる靴が一組揃えられているだけである。

(自分の部屋にいるんだろうな。確か、僕が寝泊まりしてる部屋の隣が彼女の部屋なんだよなぁ……)

壁一枚隔《へだ》てているとはいえ、紫苑が近くにいるのは落ち着きそうにない。いっそ、他の部屋を使わせてもらおうかとも考えた。

(……待てよ。紫苑ちゃんがいるってことは、弥生さんとのエッチはどうするんだ?)

今更ながら、その事実に気づく。今日は彼女も求めてはこないだろうが、明日以降が気がかりだ。

弥生のことだから、「声を我慢すれば大丈夫ですよ」などと言いそうだが、毎度のセックスでの乱れぶりを考えるに、牝鳴きを堪《こら》えられるはずがない。

（……なんで僕は弥生さんとエッチして当然なんて前提で考えてるんだ。もうすっかりおかしくなってるじゃないか）

自分のしていることは最低な不貞行為である。本来なら一回でも許されないのに、それにはまってしまっている自分が恨めしい。

そんなことを考えながら、階段を上って自分に宛《あて》がわれた部屋に向かう。

紫苑がいるであろう彼女の部屋からは、特に物音などは聞こえない。しかし、扉の隙間からはシーリングライトの白い灯《あか》りが漏れていた。

「……ただいま」

控えめな声で一応挨拶をしてみるも、返事は返ってこなかった。イヤホンでもしているのか、もしくは完全に無視しているのか……。

（とりあえずスーツだけ脱いでお風呂場に行こう……）

慎也は静かに自室に入った。

すっかり見慣れた浴室で、慎也は深いため息をついた。

男が足を伸ばせる浴槽に浸かって、ぼんやりと天井を見上げる。

（さっきの柑奈の電話、いったいどうしたんだろうか……）

今まで覚えたことのない違和感が慎也の胸中を曇らせる。

直接本人に聞いてみるのがいいのだろうが、今の自分はやましさしかない身である。そんな慎也が柑奈を疑うなど、おこがましいにもほどがあるであろう。

（やっぱり弥生さんや皐月さんとの関係は止めないといけないな……じゃないと、僕の心が耐えられないし、何より柑奈に悪すぎる……）

浴室内もその外もしんと静まり返っていた。とても、自分以外がこの家にいるとは思えない。

（紫苑ちゃん、もう寝たんじゃないのか？）

そんなことを考えていると、突然、アクリルの扉の奥で物音がした。弥生が帰ってきたのだろう。

「あ、おかえりなさい。先にお風呂頂いてます」

慎也の言葉に返事はなかった。おかしいと思って首をひねる。

しかし、スモーク状のアクリルの向こうには、間違いなく人影がある。もぞもぞと動くその姿は、徐々に肌色を帯び始めた。そして、その体つきは明らかに弥生のものではない。

（だ、誰だっ？）

皐月がやってきたのかとも思うが、直感的に違うとわかった。第一、彼女ならば無言を貫くはずがない。

そうこうしているうちに、扉の奥の人影は一糸まとわぬ姿になっていた。暖色の灯りに照らされていても、肌が白いことがよくわかる。

「ま、待ってて。僕、入ってるからっ」

ざばんっと浴槽から起き上がると同時に、折り戸が静かに開かれた。

姿を現したのは……紫苑だった。

「……」

彼女は相変わらず無表情で、瞳だけがじっと慎也を見つめている。

だが、よくよく見ると、端正な顔は濃い桜色に上気していた。

「し、紫苑ちゃん……ごめん、勝手に先にお風呂入っちゃって……い、今出るからっ」

「……出ないで」

抑揚のない声でぽつりと言うと、紫苑はボブカットの黒髪をかすかに揺らす。そして、折り戸をさらに開くと、自らの身体を滑り込ませてきた。

その光景を慎也はぽかんと口を開けて見ることしかできない。彼女は胸元からタオル一枚を垂らしただけの姿だった。

（なんで紫苑ちゃんが……）

予想もしない展開に頭の処理が追い付かない。

しかし、慎也の男としての本能は、瞬時に紫苑を女として見てしまう。

新雪のように美しく白い肌はなめらかで、その張りは瑞々しさを感じさせる。全体的に肌の薄い身体は彼女の雰囲気とも相まって、どこか幻想的な印象を与えていた。

「身体……」

「え？」

半ば放心状態だった慎也は、紫苑の声にハッとした。

「身体……洗いたい」

「あ、ああ……じゃあやっぱり邪魔だよね。もう出るから……」

慎也は放置していたタオルを手に取ると、股間を隠して立ち上がる。

が、紫苑はふるふると首を振った。

「私じゃなくて……お義兄《にい》さんを洗いたい」

「えっ？　僕を？」

次から次へと想定外の言葉が飛んでくる。

慎也は湯船に入る前にすでに身体は洗っていた。あとは身体を拭《ふ》くだけなのだ。

(でも……だからって断るのもな……)

彼女の儚《はかな》い雰囲気に強く出ることができない。

それに、すっかり嫌われていると思っていた義妹からの申し出が素直に嬉しかったというのもある。

「じゃあ……お願いします……」

慎也は湯船から上がると、股間をタオルで隠しながらバスチェアーに腰掛ける。

曇った鏡の中で自分の後ろに紫苑がいるのが見えた。

「痛かったら言って……」

彼女は小さな声で言うと、なんと自分の身体を隠していたタオルを剝ぎ取った。そのタオルにボディーソープを馴染ませて泡立てる。

(今、僕の後ろで紫苑ちゃんは……裸に……おっぱいもアソコも丸出しに……)

もよおしてはならない牡欲がふつふつとこみ上げる感覚があった。タオルで隠した股間で、言いようのない疼きが生まれてしまう。

「んっ……んんっ……」

後ろの紫苑が背中を洗いながら、吐息を小さく漏らしていた。決して性的なことをしているわけではないのに、悩ましげなものに聞こえてしまう。
（なんだって紫苑ちゃんはこんなことを……僕のことを嫌っていたはずなのに……）
紫苑の行動理由がさっぱりわからなかった。いくら彼女がどこか浮世離れしている
とはいえ、男と女が一緒に浴室にいるのが異常であることくらいはわかるはずだ。
やがて彼女は背中の全体を洗い終わると、泡まみれのタオルを肩から胸板へと滑ら
せる。
瞬間、想定外の感覚が訪れた。背中にぴったりと柔らかいものが押し付けられる。
（これは……紫苑ちゃんのおっぱいっ）
ボリュームは控えめだが、伝わる柔和さは確かなものだった。十八歳の乳肉は慎也
の知らない弾力を備えている。乳房だけでなくお腹や腕など、彼女の肉体すべてが触
覚から官能を生み出してくる。
「し、紫苑ちゃん……そんなに一生懸命やらなくてもいいんだよ……」
だが、紫苑は慎也の言葉に耳を貸そうとしない。それどころか、さらに身体を押し
付けては白い肌で擦ってくる。
「ふぅ、ぅ……んんっ……あ、ぁ……」
鼓膜に響いてくる彼女の吐息は、明らかに普通のものではない。女特有の甘い香り

が濃度を増して鼻腔を満たす。

柔らかい乳房の中にコリコリとした硬さを感じた。膨れた乳首だとすぐにわかる。それは、明らかに彼女が発情している証拠だった。

(どうして……なんで紫苑ちゃんがこんなことに……っ)

まるで理解ができず慌てるだけの慎也だったが、紫苑の手が腹部を滑って臍《へそ》を通り過ぎてから、ようやく彼女の腕を手で摑む。

「紫苑ちゃん、それ以上はダメだよ。その先はもう……」

「……おち×ちん、ダメなの？」

およそ彼女の口から出るとは思えぬ言葉に驚いた。たまらず慎也は真横の紫苑に顔を向ける。

(紫苑ちゃん……なんてエッチな顔をしてるんだ……っ)

そこにあった義妹の表情は、完全に発情して蕩けたものだった。顔はもちろん首元までもが濃いピンクに染まっている。

「し、紫苑ちゃん……」

「……お義兄《にい》さん」

本能を宿した互いの視線が絡み合い、双方の唇が引き寄せられた。

薄めの唇は弾力と柔らかさを湛えていて、慎也に甘い痺れを湧き起こす。

「んんっ……んふっ」

微《かす》かに震える唇から舌の先端が覗いてきた。ぎこちなく動いたそれはやがて慎也のリップを割り、ゆっくりと前歯をなぞってくる。

（紫苑ちゃん、こういう経験がないのかな……）

明らかに彼女の素振りには、未知のことをしている様子が見て取れた。

だとしたら、自分が大事なことの初めての相手ということだ。果たしてそれでいいのだろうか。

「待って、紫苑ちゃん。君はその初めてじゃ……んぐっ」

言葉は紫苑の、より濃厚なキスで塞がれた。泡まみれの身体で力いっぱいにしがみつきながら、ふぅふぅと鼻息を荒くして柔舌をねじ込んでくる。

「そう……だよ……私、こんなことするの初めて……」

口づけに耽溺《たんでき》しながら紫苑が舌足らずに囁いた。

「それじゃダメだよ、こういうのは好きな人としないと……っ」

「……が……だよ」

ただでさえ小さい声がかすれてうまく聞き取れない。

慎也は強引に彼女を離すと、今一度忠告した。

「だから、こういうのは好きな人と」

「私、お義兄さんが好きなんだよ」

嘘偽りのないまっすぐな瞳で紫苑が言った。

それに慎也はガツンと頭を殴られたかのように衝撃を受ける。彼女の言葉を理解できなかった。

そんな慎也に彼女は震えながら言葉を続ける。

「ずっと好きだった……お姉ちゃんから初めてお義兄さんを紹介された時から、ずっと。一目惚れしたの……」

紫苑の瞳に潤みが宿る。慎也は何も言えずに見つめるしかない。

「でも、お義兄さんはお姉ちゃんの結婚相手だから……私、我慢してた……絶対に叶わない、許されない想いなんだってわかってたから……」

いつになく言葉の多い紫苑は、途切れ途切れに自分の想いを口にしてくる。その必死さに慎也は胸に込み上げてくるものを感じた。

「でも……そういうの、もう全部捨てることにしたの。いつまでも自分を抑《おさ》えていたら、何も変わらないから……もっと自分に素直にならなきゃ、って思ったから……」

唇を撫でる紫苑の吐息は甘くて熱い。とてもつい最近まで女子高校生だったとは思えぬ色気だった。

そのあまりの魅力に牡欲は急速に沸騰する。理性の防波堤は決壊寸前だった。

「紫苑ちゃん、ありがとう……でも」

「抱いて」

紫苑の言葉は短くも強かった。女の信念、決意が宿っている。

「ねぇ、抱いて……私の初めてを……もらって……」

美しい宝石のような瞳からは、今にも涙がこぼれそうだった。ややハスキーな声は細かく震えている。

迷いがないわけではない。これ以上の不貞を、今度は義妹と犯すなど、あってはならないことである。

しかし、自分に恋している彼女を無碍《むげ》にしたくはなかった。今まで何度も繰り返してきたであろう葛藤と、罪悪感の去来を考えれば、応えるべきではないかと思う。

(それに……僕も興奮が……止まらない……っ)

タオルの裏では勃起は既に完全体になっている。肥大し反り返った男根は、既に痛いくらいだった。

「お義兄さん……お願い……」

ついに紫苑の双眸から涙が一粒二粒とあふれ出る。

その瞬間、慎也のモラルは男としての感情に瓦解した。

「ああ……紫苑ちゃんっ」

紫苑の細い身体を抱きしめて、自分から再び唇を重ねていく。すぐに舌をねじ込んで、彼女の口内を愛撫する。

「んんっ……お義兄さん……ふぐぅ……っ」

紫苑は白い身体を押し付けて、背中に回した腕で強くしがみついてきた。舌を差し出しては本能の赴くままに熱烈に絡めてくる。

（紫苑ちゃん、すごい積極的だ……っ）

これがあの無口で無表情な紫苑の、本当の姿なのか。今までとのあまりのギャップに戸惑うも、牡としての劣情は加速してしまう。

「はぁ、ぁ……触って……私の身体、触って……」

口周りを唾液まみれにした紫苑が、慎也の手を取って自らの乳房に引き寄せる。

そこで慎也は初めて彼女の生まれたままの姿を見た。

（ああ、紫苑ちゃんの裸……とてもきれいだ……）

彼女の体躯は、母親や姉たちとはまるで異なる魅力があった。

雪のように真っ白な身体はなだらかで、全体的にほっそりしている。まるでガラス細工のような繊細さを感じてしまう。

だが、控えめに盛り上がった乳房は左右で等しく、瑞々しい乳首がぷっくりと膨れていた。

ウエストは折れそうなほどに細いが、そこから腰骨はまろやかなカーブを描いて広がっている。恥丘は柔らかく起伏して、泡の奥には滲むような薄い翳《かげ》りが見て取れた。

「ねぇ……小さいおっぱいでも……愛して……はぁ、ぁっ」

手のひらが乳丘に重なると、紫苑の身体がビクンと跳ねた。

そのまま慎也の手を取って、擦るように胸を弄らせてくる。

(確かに小さいけど……しっかりと柔らかい。肌の弾力もたまらない……っ)

初めて触れる十代の肉体には、罪悪感を内包する愉悦があった。こんなことをしてはいけないという気持ちはあれど、本能がもう抑えられない。

「んんっ……お姉ちゃんみたいに……大きくなくて……ごめんね……はぅ、んっ」

「そんな……紫苑ちゃんのおっぱいはとても魅力的だよ。すごくかわいいよ」

「ありがとう……はぁ、ぁ……もっと触って……お義兄さんの好きなように……きゃうんっ」

紫苑が甲高い叫びを響かせる。

慎也がしこり切った乳芽を摘《つま》んだのだ。そのまま痛くならないように指の腹で転がし続ける。

「あ、ああっ……それ、気持ちいい……おっぱい、ジンジンしちゃう……っ」

紫苑の身体がビクビク震え、瞳を閉じた表情は切なそうに歪む。

慎也はそんな彼女を見つめながら、呼吸が荒くなるのを感じていた。

（おっぱいがすごく敏感なんだな……感じてる表情が、めちゃくちゃかわいい……）

初めて見る義妹の艶姿に、勃起は力強い脈動を繰り返していた。亀頭はタオルにぴったりと張り付いて、あさましくも存在を誇示している。

もちろん、それに紫苑が気づかないはずがない。

「……」

うっすらと開けた瞳が跳ね上がる股間を見つめていた。目元にねっとりとした熱が宿っている。

「はぁ、ぁ……あぁ……」

彼女の手がゆっくりとテントへと伸びていく。それを制止するだけの理性は慎也には残っていなかった。

一瞬だけ躊躇した紫苑だが、やがて意を決したのかタオルをつかむ。恐る恐るめくって、ついに威容を露わにした。

「これが……あぁ……すごいぃ……」

紫苑は目をまん丸にして、脈動するペニスを凝視する。

（そんなにまじまじと見られるのは……なんだか恥ずかしいな……）

義妹の視線に勃起は鋭く反応する。ただでさえ強い脈動はさらに力を増してしまい、噴き出るカウパー腺液は糸を引いて滴《したた》った。

「お義兄さん……いいよね……」

のぼせたように紫苑は言うと、パンパンに張り詰めた亀頭に指を重ねてきた。

瞬間、愉悦が弾けて、ペニスどころか慎也の身体までもが震えてしまう。

「うぐっ……紫苑ちゃん……ああっ」

彼女の指先が雁首をなぞって裏筋を滑っていく。付着した先走り汁を潤滑油にして、それを何度も繰り返してきた。

「ビクビクし続けている……気持ちいいの？」

上目遣いで確認されては、正直になるよりほかにない。慎也は快楽に歯を食いしばりながら、コクコクと頷いた。

「そうだよ……ああ、それだけでとても気持ちいい……」

「そうなんだ……嬉しい……」

そう呟く紫苑を見て、心臓が跳ね上がった。

発情で赤らんだ顔に微笑みが浮かんでいた。紫苑が表情を綻《ほころ》ばせる姿など、今の今まで見たことがない。

（ヤバい、めちゃくちゃかわいいっ）

元から顔のパーツは整っているが、表情の乏しさゆえに気づかなかった。彼女の笑みはあまりにも魅力が強すぎる。

衝撃はすぐに快楽へと直結した。ただでさえ肥大していた肉棒に、勢いよく血流が集中してしまう。

「ううっ……紫苑ちゃん、あんまり撫でられると……うはっ！」

慎也は情けない声とともに首を反らせる。

紫苑が勃起を五本の指で包み込んできた。そのままゆっくりと前後に往復させてくる。

扱かれるたびに肉棒は歓喜に跳ね上がった。カウパー腺液の湧出は止めどなく、あっという間に紫苑の小さな手をドロドロにしてしまう。

「ああ……ドクドクして……すごいヌルヌル……」

呟く紫苑の声色はすでに甘ったるくて舌足らずになっている。冷たさしか感じなかった相貌は、完全に発情した牝《めす》の顔に変化していた。

「紫苑ちゃん、それ以上されると……うぅ……っ」

高まる一方の射精欲求に歯を食いしばってなんとか抗う。少女と言って差し支えない処女を前にして、暴発などは見せたくはなかった。

だが、紫苑の手筒は徐々に速度を速めてくる。しかも、ただ前後に往復だけでなく、ひねるような動きまで加えてきた。

(なんとか我慢しないと……っ)

勃起からの淫悦で止まってしまった指を再び動かす。硬いままの乳頭を摘むと、紫苑は短い叫び声を上げた。

「ひぃ、いん！　あっ、それ……あ、あぁあっ……すごいぃ……っ」

両方の乳首を同時に弄ると、義妹はおとがいを上に向けて嬌声を響かせる。

唇の奥ではたっぷりと唾液をまとった柔舌が蠕動していて、その様子はあまりにも卑猥だった。

乳首からの愉悦に紫苑の手淫が緩慢になる。その隙をついて、慎也は彼女の股間に手を滑り込ませた。

「ひぁ、ああっ！　くぅ、んっ……！」

紫苑が背中を反らして、驚愕の顔で目を見開く。

(うわっ、めちゃくちゃ濡れてる……ものすごく熱いっ)

陰唇やその周りはもちろんのこと、内ももまでもが濡れている。ボディーソープとは明らかに異なるぬめりだった。粘液は全体的に熱いが、特に姫割れの周囲が顕著で、灼熱の牝蜜が絶え間なくこぼれてくる。

「お義兄さん……ああ、それ気持ちいい……はぁ、ぁっ」

紫苑は勃起を扱けなくなっていた。握ったままの状態で、身体をビクビクと震わせている。身体を自立させるのも困難なのか、慎也の胸元に倒れていた。

(紫苑ちゃんの甘い香りが強くなって……香りだけで気を抜くと射精してしまいそうだっ)

振りまかれる牝のフェロモンに、ペニスは敏感に反応する。義妹の手の中で脈動は収まらず、なおも先走り汁を滲み出していた。

「痛かったら言ってね……」

慎也はゆっくりと彼女の内部へと指を入れていく。

膣口に先端が潜った瞬間、紫苑の肢体がビクンと跳ねた。

「あ、ああっ、あああっ……中にぃ……う、うぅっ！」

グリグリと胸板に額を擦りつけ、紫苑は叫びにも似た声を響かせた。

(狭いな……うう、めちゃくちゃ食い締めてくる……っ)

隘路《あいろ》の圧迫は強烈だった。とても肉棒が入るとは思えない窮屈《きゅうくつ》さだ。

しかし、媚肉は絶えず蠕動して奥へ奥へと指を誘う。処女とはいえ、身体は本能に忠実だった。

「痛くない？　大丈夫？」

「大丈夫……ああ、お腹がジンジンする……」

紫苑は声とともに小刻みに身体を震わせる。

やがて、挿入した指を中心にして、ゆっくりと腰が揺れ始めた。

「はぁ、ぁ……あうっ……お義兄さん……あぁ……」

すがるように見上げてきては、熱い吐息で肌を撫でてくる。

腰の動きは徐々に大きくなり、クイクイと動く様は自ら指圧を求めていた。

「紫苑ちゃん、無理しないで……痛かったら遠慮なく言っていいから」

「痛くない……むしろ……はぁ、ぁ……気持ちいい……」

普段は表情のない顔が、法悦に蕩けてしまっている。唇は半開きで絶えず甘い呼吸を繰り返し、瞳は溶けかかった飴玉のようだった。

「くぅ、ぅ……んんっ……お義兄さん、もう私……っ」

紫苑が切なそうに呟くと、指から股間を離してしまう。

若い牝のエキスがべっとりと絡みついた指をぼんやりと眺めていた刹那、紫苑が細い身体で強く抱きついてきた。

「どうしたの？　やっぱり辛かった？」

慎也の問いに紫苑はふるふると首を振る。

続けて、慎也の両ももに跨ってきた。愛液まみれの股間を突き出してくる。

「入れて……指じゃなくて……今すぐに……セックスして……」

真っ赤な顔ではぁはぁと呼吸する紫苑。その発情ぶりは羞恥を完全に上回っている。

「……本当にいいのかい？」

「うん……私の……初めてをもらって。お義兄さんじゃないと……私、イヤ」

ボディーソープにぬめる身体を密着させつつ、紫苑が慣れない動きで姫割れに肉棒を求めてきた。

亀頭と裏筋とが陰唇の表面を滑り、膨れた牝芽を刺激する。

「んんっ……くぅ、ぅ……入れたい……のに……は、ぁう」

彼女は自ら挿入を求めていた。しかし、未経験の紫苑に肉槍を飲み込む術があるはずがない。

(僕から入れてあげなきゃ)

慎也はバスチェアから身体を落とすと、紫苑をバスタブに背を預ける形で床に座らせる。ゆっくりと脚を開かせた。

(これが紫苑ちゃんのおま×こか……とても可愛らしいのに……めちゃくちゃエッチだっ)

透き通るような白い脚の奥に、滲むような繊毛を添えた淫華が花開く。薄い花弁はくすみやよじれがまったく無く、若干の未成熟感すら漂わせている。

一方で陰核はやや大きめだった。小豆を半分にしたくらいのサイズで破裂しそうなほどに膨れている。

(紫苑ちゃんのクリトリスがこんなだなんて……イメージと違いすぎていて、ギャップにそそられてしまうな……)

本来ならば、触れるなり舐めるなりしてもっと解《ほぐ》すべきなのだろう。

しかし、慎也の肉棒はこれ以上の我慢など不可能だった。今すぐに未通の隘路に潜らなければ気が狂いそうだ。

「あぅ……お義兄さん……早く……入れて……はぁ、ぁ……」

紫苑がかすれた声で懇願しつつ、自ら脚をさらに開け放つ。

淫華はより大きく開いてしまい、内部の媚膜が露出する。ピンク色が鮮やかな淫膜は収縮を繰り返し、甘酸っぱい牝蜜を垂らし続けていた。

（もう我慢できない……紫苑ちゃんの初めてを貰うんだっ）

脚の間に身体を滑らせ、反り返りの先端を泥濘にあてがう。

愛液まみれの媚肉が瞬時に絡みつき、クチュッと卑猥な水音を響かせた。

慎也は静かに大きく息を吸い、続けてゆっくりと押し込んでいく。

「うあ、っ……入ってくる……う、うぅっ、ぐぅっ」

紫苑は挿入される様を見下ろしていたが、やがて痛みのせいなのかギュッと目を閉じ身体を仰け反らせた。

（本当に狭い……メリメリいってる感じがする……っ）

男を知らない狭洞をこじ開けるのは特別な満足感と、わずかな背徳感を抱かせた。

慎重に埋没させた肉棒は、やがて根本まで埋まり、行き止まりへとたどり着く。ついに紫苑の聖域を満たしたのだ。

「はぁ、ぁっ……ふぅ、ぅ……くぅ、ぅ……」

紫苑は苦悶に顔を歪めながら、時折、ビクンと身体を跳ねさせていた。真っ白な素肌にはじっとりと汗が滲み出る。

「うぅ……紫苑ちゃんの中、すごい……」

強烈な締め付けに、思わず声を漏らしてしまう。

一体化した結合部に目を向けると、姫割れの周囲に赤いものが薄く滲んでいる。紫苑は今、女になった。自分が彼女を女にしたのだ。

(今動いたらすぐに出てしまう……もう少しだけでも耐えないと)

処女膜を破られたばかりに膣肉には、少しの刺激すら強烈だろう。射精のために一気に引き抜けば、彼女の痛みが心配だ。

「あ、ああ……お義兄さん……嬉しい……」

カタカタと小刻みに震える紫苑は、うっすら目を開け慎也を見る。その瞳にはたっぷりの涙が浮かんでいた。

「痛いだろ。慣れるまでこのままでいないと……」

だが、紫苑は二、三度首を振った。

「ダメ……私で……感じて……っ」

紫苑はそう言うと、ぐぐっと膣奥を押し付けてきた。

「ひぎぅ、っ！　あ、あっ……くぅうんっ」

悲鳴にも聞こえる声を漏らして、彼女はぎこちなく腰を振り始める。

「うわっ、紫苑ちゃんっ、ダメだよ……今、動いたら……ああっ」

「私で気持ちよくなってっ。私が痛いとか、どうでもいいの……お義兄さんに……私で感じてもらいたいんだからっ」

紫苑の全身からは冷や汗が滴っている。おそらく、相当な痛みや辛さを感じているはずだ。

にもかかわらず、彼女は腰を止めようとしない。その健気《けなげ》さに慎也の煩悩は一気に噴き上がる。

(ダメだ……出るっ、射精するっ)

隙間なく繋がる蜜壺の中で、勃起が激しい跳ね上がりを繰り返す。

膣壁を叩かれて紫苑が甲高い悲鳴を響かせた。大きく開いた唇からは涎《よだれ》をこぼし、濡れた双眸はしっかりとこちらを見つめてくる。

今までの紫苑からは想像もできない、下品で生々しく、それ故に牝の魅力が強烈な姿に、ついに白濁の欲望は爆発した。

「紫苑ちゃんっ、うぐっ、出る……ああっ！」

射精は暴発とも言うべき有様だった。紫苑の中から勃起を引き抜くことも叶わない。

「ひあ、あっ！　くふっ、ぅ……熱いのが……いっぱい……うぅっ」

男の記憶を刻みつけた淫膜に、大量の白濁液を染み込ませてしまう。それに紫苑は驚愕の顔で反応した。ビクビクと下腹部を跳ね上げている。

（うう……まだ出る……こんなの、最悪なことなのに……っ）

恋人でもない女子の処女を散らし、挙げ句の果てには膣内射精をしてしまった。しかも、彼女はただの女性なのではない。慎也にとっては義妹なのだ。

「あ、あぁ……ビクビクしてるのよくわかる……はぁ、ぁ……」

ようやく長い射精が終わっても、勃起の脈動は続いていた。それに合わせて紫苑が熱い吐息を漏らしている。

結合部には今も変わらず深々と男根が突き刺さっていた。あふれ出た愛液がお互いの性器周りをドロドロに汚している。

（どうしよう……もし妊娠なんてしてしまったら……）

取り返しのつかない状況に戦慄し、頭の中が真っ白になる。

しかし、一方の紫苑は至上の幸福だとでも言わんばかりに、陶酔した表情を浮かべていた。

「お義兄さん……キスして……」

舌足らずな声で紫苑が求める。中出しされたことに、一切の戸惑いはなさそうだった。

(もしかして、中出しされることを望んでいたのか……紫苑ちゃん、なんて女の子なんだ……)

罪悪感は消えないが、抱いた女の求めは無視できない。

慎也はゆっくりと顔を近づけて、静かに唇を重ねていく。

すぐに舌が挿し込まれ、ねっとりと絡みつかれてしまう。「んんっ」とくぐもった吐息があまりにも艶めかしい。

(紫苑ちゃんのキス、さっきよりも上手だ……これが女になったってことなのかな……)

女の情念を感じさせる濃厚な口づけに、慎也は甘くて危険な官能の世界へと追い込まれるしかなかった。

3

静かな室内は男と女の熱い呼吸に満ちていた。

吐息とともに聞こえるのは、女のリップが奏でる粘着音。ついばんでは吸って舐め回し、それを何度も繰り返す。

「う、ぁ……紫苑ちゃん、すごい……あぁ……」

慎也は紫苑のベッドに仰向けになって、官能に吐息を震わせた。

身体の上には紫苑がぴったりと重なって、全身にキスの雨を降らせている。首筋から胸元、脇腹、脚などと隅々までチュッチュと音を立ててはねっとりと舐めていた。

「はぁ、ぁ……お義兄さんの身体、ずっと舐めていたい……んんっ」

腰から脇腹を通って首筋を舐め、そのまま上へと移動し口づけする。上等な飴玉を舐めるかのようにして、慎也の口内粘膜を堪能する。

(紫苑ちゃん、言い過ぎでもなんでもなく、本当にエロすぎる……こんなに奉仕してくるタイプだったなんて……)

無口で性に興味すらなさそうだった紫苑。その本当の姿は、静かに官能の炎を燃やす、美しいまでに卑猥な女だった。

「お義兄さん……好き……大好き……」

甘ったるい口調で愛の言葉を囁きながら、口腔内を舐め回す。そして唇を離すと、再び身体のあちこちを舐めてきた。

(本当に気持ちいい……これで処女だったなんて、信じられないくらいだ……)

いったいこんな技術をどこで学んだのか。おそらく、インターネットか女性向けの雑誌であろう。その証拠に大きな本棚の隅には、セックスに関する記事を載せることで有名な女性雑誌が並んでいる。

(しかし、紫苑ちゃんがこんなに女の子趣味をしているとは思わなかったな……)

愉悦の波に漂いながら、慎也は室内を見渡した。

六帖ほどの洋室は、ピンク色が半数以上のパステルカラーの小物が多い。窓辺やベッドの脇にはかわいらしいぬいぐるみがいくつも置かれている。正直に言って、紫苑のイメージからはほど遠い代物《しろもの》ばかりだった。

(たぶん、下着もかわいらしいものを身に着けているんだろうな……)

今の紫苑は一糸まとわぬ姿である。そんな彼女を見つめつつ、フリルがついたパステルカラーを身に着けた紫苑の姿を妄想する。

どう考えても破滅的なほどにかわいい。

「んん……おち×ちん、ビクッってした……」

太ももを舐めていた紫苑が剥き出しの勃起に反応した。

彼女の下着姿を妄想して跳ね上がってしまった、とは言いにくい。慎也は「あはは……」とぎこちなく笑ってやり過ごす。

「……こんなに……大きくしてくれるんだ……」

紫苑の小さな手が肉棒に触れた。少しひんやりした感触にたまらず脈動する。

浴室以来の直接的な刺激に、勃起はあからさまに歓喜していた。痛いくらいに膨れ上がって、だらだらと卑しい粘液をこぼしてしまう。

(そんな近くでまじまじと見られるのは……さすがに恥ずかしいな)

淫欲の熱を宿した瞳が至近距離から視線を浴びせ、それだけでむず痒い疼きが生まれていた。

「お義兄さんの……もっと気持ちよくしたい……」

小さくかわいらしい唇が、勃起の先端に近づいてくる。瞬間、膨れ上がった亀頭に口づけする。

「ううっ……紫苑ちゃん、マジで……ああっ」

慎也のうめきを封じるようにして、彼女は肉棒を飲み込んでいく。淫蕩に染まった小顔が苦しそうに歪むが、それでも止まる気配はない。

「んんっ……んぐっ……うぅっ」

甘いうめき声を漏らす紫苑だが、ついに勃起のすべてを飲み込んでしまう。

(紫苑ちゃんが……僕のチ×コを……っ)

咥えられているだけなので、そこまでの愉悦は感じない。

しかし、華奢《きゃしゃ》な義妹が身体を震わせて、必死な表情で腰にしがみついている様は、気が遠くなるほどに煽情的だった。

(ダメだ……チ×コが勝手にビクビクしてしまう……っ)

小さな口を押し広げた肉棒は、さらに追い打ちをかけるように脈動する。

それでも紫苑は下腹部から離れない。眉間に深いシワを作り、ふーふーっと鼻息を荒くするだけだ。

(紫苑ちゃん、本当に献身的だな……献身的でエロいって、もう反則だよ……っ)

うら若き乙女の強烈な卑猥さが、慎也の牡欲を沸騰させる。さらさらの黒髪から香る甘い芳香はますます強くなり、嗅覚からも慎也を昂ぶらせていた。

「ん……んぐっ……ぐぅっ！」

紫苑が小顔をゆっくりと前後に動かし始めた。

窮屈さの中に熱くて柔らかいものが擦れてきて、たまらず慎也の腰が跳ね上がる。

（ううっ……ヤバい、めちゃくちゃ気持ちいい……っ）

ゆっくりと味わうかのような口淫だった。動き自体はぎこちなく、まさに初めてのフェラチオだ。

だが、彼女が抱く恋情とそれに裏打ちされた丁寧さが、たまらないほどに気持ちがいい。

「んあっ……はぁ、ぁ……お義兄さん、私、ちゃんとフェラできてる……？」

肉棒にたっぷりの唾液を舌で塗りたくりながら、紫苑が不安そうに聞いてくる。

「ああ、めちゃくちゃ気持ちいいよ……本当に上手だ……」

「んちゅ……良かった……」

紫苑の顔が一瞬で綻ぶ。ペニスを味わいながらはにかむ姿は、男の劣情を沸騰させるには十分すぎた。

彼女は亀頭や雁首はもちろんのこと、裏筋や肉幹、さらには陰嚢までをも舐め回す。

蕩けた柔舌が這い回っては絡みつくのは、背筋が震えるほどに快美だった。

（紫苑ちゃん、本当に一生懸命に……いや、これは夢中になっているのかな……）

ねっとりと舌を絡めてはチュッチュとキスして吸い付いて、再び勃起を飲み込んだ。それらを不規則に何度も繰り返してくる。

肉棒やその周りは紫苑の唾液でドロドロだ。彼女の口周りもベトベトに汚れている。それでも、紫苑は一切気にすることなく口淫に没頭していた。

フェラチオを始めてかなりの時間が経過した後、ようやく紫苑は肉棒から唇を離す。真っ赤になった顔にはじっとりと汗が浮かんでいた。熱い吐息を繰り返しながら、のぼせたようにぼんやりとしている。

「ありがとう、もういいよ」

これ以上、彼女に卑猥な行為をさせるのは気が引けた。あとはこちらから愛撫なり挿入なりしてやろう。慎也はそう思って枕元のティッシュボックスに手を伸ばす。

だが、紫苑はふるふると首を振った。

「ダメ……最後までするの……」

紫苑が慎也の身体に覆い被《かぶ》さる。彼女の両脚が下半身を跨いできた。

「私が……気持ちよくする……また、さっきみたいに……中にいっぱい出して……」

熱い剣先に開花したばかりの淫華が触れた。蜜が亀頭を包み込み、全身に甘い痺れが波及していく。

「はぁ、ぁ……あぁ……ん、んぁ、あ、あああっ！」

一瞬で勃起は滾《たぎ》った肉膜に覆われた。紫苑が一気に腰を打ち下ろしたのだ。

「うぐっ……！　し、紫苑ちゃん……ぅぅ」

強烈な快楽に、たまらず身体を震わせる。無意識に閉じた瞼をゆっくり開いて、跨がる義妹の姿を見た。

彼女はおとがいを上に向け、大きく口を開けながらカタカタと戦慄《わなな》いている。慎也の脇についた手が、思い切りシーツを握りしめていた。

女として目覚めた紫苑と深く繋がって、慎也は肉棒からの愉悦に漂うしかなかった。


甘いピンクの稲妻が紫苑の身体を貫いていた。

（ああ……すごい……おち×ちん、気持ちいい……）

身体どころか意識までもが震えてしまう。圧倒的な快美に紫苑は完全に飲み込まれていた。

「あ、ぁ……中でビクビクしてるの、わかる……はぁ、っ」

膣の一番奥と子宮口とが圧迫されて、喜悦が湧き上がるのが止まらない。挿入したばかりだというのに、結合部には卑しい牝液があふれ出ていた。

「紫苑ちゃん……大丈夫かぃ？」

カタカタと震え続ける紫苑に、慎也が呻くように尋ねてくる。彼の吐息もまた熱さを宿していて、それがたまらなく幸福だ。

「大丈夫……だよ……はぁ、ぁ……だって私……っ」

膣壁が勃起に馴染むまでの時間すら惜しい。紫苑はぐぐっと股間を押し付ける。鋭い法悦が細い身体を駆け抜けた。

「うあ、ぁっ……私、嬉しいの……お義兄さんがワタシで気持ちよくなって、おち×ちんをこんなに大きくしてくれているのが……あ、ああっ」

圧迫するだけでは飽き足らず、腰を前後に揺らしてしまう。

グチュッと淫らな粘着音が響き渡り、同時にこみ上げる愉悦に牝鳴きを我慢できない。

(気持ちいいっ、幸せすぎるっ……こんなの止められない……っ)

肉体は完全に本能に乗っ取られていた。恥じらいや理性は吹き飛んで、仮初《かりそ》めではあるものの、愛しい義兄との愛欲にだけ没頭してしまう。

「ううっ、紫苑ちゃん……ああ、激しい……っ」

いつの間にか腰の動きは速さを増していた。一時も止まることなく結合部を前後に揺らし続けている。

（もっと私で感じて……もっと私にお義兄さんを染み込ませてっ）

卑猥な願望が貪欲なまでにあふれ出る。まさかセックスがここまで素晴らしいものだったとは思いもしなかった。

「我慢しなくていいんだからね……またさっきみたいに中にいっぱい出して……はぁ、あああっ」

浴室での膣内射精を思い出して、総身が熱く焦がれた。肉体と精神とが満たされるあの至福を思い出すだけで、子宮が激しく疼いてしまう。

（ダメ……止まらない……私、自分で自分を止められない……っ）

牝の欲望が沸騰し、蜜壺をさらに押し付けてしまう。前後に往復していた腰は左右へも動いてしまい、ついには円を描くようにくねっていた。

きっと自分は酷《ひど》いくらいに卑猥ではしたない姿を晒しているだろう。

しかし、それが紫苑には悦《よろこ》びに感じてしまう。自分を蝕《むしば》み拘束していたものをかなぐり捨てて、愛しい男を相手に快楽にのみ忠実になる。女としてこれ以上ない幸福だ。

（ああっ、アソコの奥からジンジンするのが……どんどん強くなってくるっ）

喜悦の震えが骨を伝って全身へと波及する。白い肌には汗が浮かんで、やがて鳥肌となった。

「紫苑ちゃんっ……ううっ」

慎也は名前を呼ぶだけで、あとは快感に呻くだけだ。女壺を押し広げる剛直がビクビクッと力強い戦慄きを繰り返している。

(お義兄さんが私で……私とのセックスでこんなにも感じてくれている……ものすごく興奮してくれている……っ)

喜悦に恋情が上乗せされて、紫苑の感情は燃え盛る。

それはすぐに悦楽へと直結し、紫苑を強烈な快楽の頂《いただき》へと押し上げた。

「お義兄さんっ、お義兄さん……！　私っ、私、もう……あ、あああっ、はぁ、ああぅ！」

濡れた白肌が粟立ち震える。視界が激しく明滅を繰り返した。

(イっちゃうっ……ものすごいの来ちゃう……！)

沸騰した牝欲が激しく腰を震わせた。グチャグチャと響く淫音をかき消す勢いで、紫苑は牝の叫びを響かせる。

「イくっ、イくっ、イっちゃううぅう！　あ、ああっ、イくぅううう！」

家の中どころか外にまで聞こえそうな大絶叫とともに、紫苑の胎内と脳内とが弾けた。深々と男根を突き刺させた状態で、細い身体を限界までしならせる。

（こんなの……すごいよ……ありえないよ……っ）

初めて受け入れた肉棒で未知の淫悦に到達した。それも、長年密かに想い続けていた義兄が相手なのだ。心も身体も歓喜してしまう。

「ああっ……紫苑ちゃんっ」

慎也ががばりと起き上がった。たくましい腕に抱きしめられたかと思うと、そのまま背後に押し倒される。

「お、お義兄さん……うがっ！　あ、あああっ！」

硬くて熱い楔《くさび》が果てた媚肉を抉ってくる。子宮口を押しつぶし、白濁化した牝蜜を掻き出してくる。

「紫苑ちゃん、エッチすぎる、エロすぎるよ！　ごめん、僕……もう止まれない！」

反転させられた身体を押さえつけるようにして、慎也が激しく肉棒を突き入れる。

その姿に普段の優しさは、もはやない。牝を求めて貪り狂う獣がいるだけだった。

「ひぎっ、ぃ！　来て、来てぇ！　もっとして、もっとめちゃくちゃにしてぇ！」

暴力的な喜悦の襲来を紫苑は真正面から受け入れた。慎也が必死に求めてくれている。自分のものだと、自分の獣欲を注ぐ相手だと本能を剝き出しにしているのだ。

(好きにしてっ、もうどうなってもいいからっ、お義兄さんで私を壊して！)

いつの間にか自分からも腰を振っていた。果てた衝撃はまだ残っているが、新たな喜悦を上書きしていく。

(私に全部出してっ。お義兄さんで私を中から染めてっ。私の身体にお義兄さんを永遠に刻みつけてっ！)

全身を汗で濡らしながら、紫苑は一心不乱に肉棒を求める。

汗と愛液、精液とが混じり合い、結合部はグチャグチャと卑猥な蜜鳴りを響かせる。放たれる淫臭はあまりにも濃厚で、嗅覚だけで果ててしまいそうだった。

「ああっ、もうイく……出るよ、ううっ」

慎也が歯を食いしばりながら剛直を叩きつける。その威力は一突きごとに強くなり、膣奥を潰されるたびに頭の中が白く爆《は》ぜた。

慎也の身体も汗で濡れている。体躯からは牡のたくましさが感じられた。その表皮を幾筋もの汗が滴って、紫苑の身体に飛び散ってくる。

(お義兄さんが私に一生懸命になって……ああっ、嬉しいのっ、幸せなのっ)

勃起の硬度が一段と増した。亀頭も肉幹も一回り大きくなり、膣壁を擦っては抉り、潰してくる。

「お義兄さん！　出して！　全部出して！　私をお義兄さんで満たしてぇ！」

普段ならば絶対に出さない絶叫で白濁液を懇願する。もう紫苑は女を通り越して牝に成り果てていた。

「紫苑ちゃんっ……ああっ、出るっ！」

雄叫びと同時に亀頭が膣奥に突き刺さる。

瞬間、二度目とは思えぬ怒涛《どとう》の勢いで灼熱液が噴出した。浴びせられた媚膜が焦げついて、熱が一気に喜悦へと変化する。

「ひぃんっ！　あ、ああっ、イくっ……精液でイっちゃうっ、あ、あぐっ、ううぅう！」

視界も思考も真っ白に弾け、全身が強《したた》かに跳ね上がる。四肢の先まで硬直し、鳥肌の立った身体には滝のように汗が滴った。

（こんなの……忘れられない……私の身体……お義兄さん専用に作り変えられちゃった……）

白濁に染まった膣膜が嬉々としてうねっているのが自分でもわかった。妊娠の不安は喜悦の余韻の中では、どうでもいいことにすら思える。

「はぁ、ぁ……紫苑ちゃん……ぁぁ……」

すべてを放出し終えた慎也がゆっくりと倒れてくる。愛しい義兄の身体は熱く、それだけで胸の奥がキュンとした。

細い腕を背中に回すと、彼も抱きしめ返してくる。華奢な身体を包まれると、得も言われぬ多幸感が込み上げた。

「お義兄さん……ああ、好き……」

発情の吐息が収まらぬ唇で、再び口づけを求めてしまう。

すぐに彼も呼応して、温かい粘膜を差し出してきた。紫苑からも瞬時に絡ませてしまう。

（お姉ちゃん、ごめんね……やっぱり私、お義兄さんのこと諦められない……むしろ、もっと本気になっちゃう……でも……いいんだよね、これで……）

上と下とで深く繋がりながら、紫苑は背徳の幸福に酔い続けた。

第四章　背徳の淫宴

1

慎也が有馬宅に居候《いそうろう》してから、早くも一週間が経過していた。

明日には柑奈が出張先から帰ってくるので、実質、この家で過ごすのは今日が最後である。

だが、慎也は寂《さび》しさを覚えるどころの心理状態ではなかった。

（この一週間の間に三人とも……それも、柑奈の親姉妹と……なんて奴なんだ、僕は……）

一人で買い物と称して外出し、近くの公園でベンチに座って頭を抱える。晴天の青空と温かい日差しに、今の慎也はなんの感動も覚えない。それだけの余裕がなかった。

弥生と皐月、そして紫苑に異なる形で誘惑されて、本能の赴《おもむ》くままに快楽を貪ってしまった。挙げ句の果てには、未だに三人それぞれと身体の関係を続けてしまっている。

(柑奈にとってはこれ以上ない裏切り行為のはず……気づかれたら最後、刺されてしまうかもな……)

柑奈とて、まさか自分の実家がこんな破廉恥な状況になっているとは思うまい。真実に気づいたときのことを思うと、恐怖で背筋から震えてしまう。

(ただ……罪悪感だとかバレたときの恐怖を持っているのに、関係を止められない自分もいる……みんなそれぞれに魅力が強すぎるんだよ)

女性としての魅力は三者三様であった。誰が秀《ひい》でているとか劣っているとかは全くない。異なる甘美さが慎也の心と身体を捉えて離さなかった。

(でも、このままでいいはずがない……ちゃんとケジメを付けなくちゃ。柑奈をこれ以上は裏切れないよ)

先日の柑奈との電話で、彼女の様子に違和感を覚えたが、今の自分にそれを追求する権利などない。

もし、彼女にも不貞の事実があったとしても、受け入れるしかないのだ。そして、お互いにこの一週間の出来事は永遠に触れることなく封印する。それが最も荒波を立てない方法であろう。

(……みんなにも言わなくちゃな。もうこれ以上は無理だって)

今更誠実ぶっても仕方がないであろうが、だからといって、あやふやなままでいいわけがない。

慎也はふぅ、と大きく息を吐き、勢いよく立ち上がった。

2

緊張した心持ちで有馬宅へと帰宅する。

玄関の扉を開いて「おや？」と思う。弥生と紫苑の靴とともに、皐月の靴が並べられていた。

(皐月さん、来てるのかな)

ならば丁度いい。三人一度に自分の決意を伝えられるではないか。

「あら、おかえりなさい。早かったんですね」

廊下の奥から弥生が出迎えにやってきた。

が、その姿を見て慎也は身体が固まってしまう。

彼女は何故か下着だけの姿だった。

「や、弥生さん……その格好は……」

むっちりとした白い身体に深い緑色の下着が映《は》えていた。下着は上下それぞれに複雑な刺しゅうが施《ほどこ》されていて、一目で高級な代物だとわかる。

「ふふっ。こういうのもお嫌いじゃないでしょう？」

弥生は恥ずかしがることもなく、自分の艶姿を見せつけてくる。カップの上部で深い谷間を作る乳肉がふよんと揺れた。

「い、いや……だからどうしてそんな姿を……」

「私だけじゃないんですよ。娘たちだって」

「おかえりー。意外と早かったね。ま、そのほうが都合はいいけれどね」

リビングから顔を覗かせたのは皐月だった。彼女はいつもの元気そうな笑顔を浮かべているが、その身なりはいつものものではない。

(皐月さんまで下着姿……しかも、かなりどぎつい代物……)

皐月は黒い下着をつけていた。よくよく見ると総レース仕様である。褐色の肌に漆黒のブラジャーとパンツは、あまりにも妖艶だ。

「お、私の下着姿に見惚れてる？　ちなみに後ろはこんなんだよ」

皐月がクルッと後ろを向いて、ボリュームのある臀部《でんぶ》を見せつけてくる。

パンツはＴバックだった。たっぷりの尻肉が豊かでなめらかな曲線を描いて剥き出しになっているではないか。

（皐月さん、それはもう完全にするためのものじゃ……）

「さぁ、慎也さんもリビングに来てください。紫苑の姿も見てもらわなきゃ」

弥生はそう言うと、呆然《ぼうぜん》とする慎也の手を取り引っ張っていく。長く柔らかい髪からは、熟れた女の甘い香りが漂っていた。

「ほらほら、慎也くん見てあげて。あの子、さんざん悩みに悩みまくってたんだから」

リビングに着くやいなや、皐月が肩を掴んで身体の向きを変えさせられる。

目線の先にある光景に、衝撃が上乗せされた。

（紫苑ちゃんまで……これが紫苑ちゃんの下着なのか……っ）

淡いパステルブルーの下着には、いくつものフリルが付けられていた。カップの間や腰を彩るのは、赤くて小さいリボンの装飾だ。

「うぅ……は、恥ずかしい……っ」

紫苑は絞り出すような声で呟くと、白い身体を自分の腕で隠してしまう。

そんな彼女に皐月はニヤニヤしながら近づいていく。

「ダメよぉ。今更恥ずかしがることないじゃない。もう身体の隅々まで見られてるくせに」

（えっ？　な、なんで知ってるんだ……っ？）

さも当たり前であるかのような口ぶりに驚愕した。

それを察したのか、傍らにいた弥生がそっと身体を寄り添わせながら耳元で囁いてくる。

「私たちが気づかないとでも思っていたんですか？　みんな知ってますよ。慎也さんが私たち全員を愛してくれたこと」

慎也は驚きに目を丸くして弥生を見る。

彼女は憤怒《ふんぬ》やそれに類似した感情を示していなかった。むしろ、いつも以上の甘い母性を漂わせている。まったくわけがわからなかった。

「聞いたわよぉ。紫苑のこと、めちゃくちゃにしたって。まったく、私やお母さんに飽き足らず、紫苑まで骨抜きにするなんてねぇ……」

皐月はケタケタと笑うと、自らを抱く紫苑の腕を摑んでしまう。強引に解くと、下着がよく見えるように背後から抱きしめた。

「し、紫苑ちゃん……」

「ああ……ごめんなさい……お義兄《にい》さんとのこと、全部話しちゃった……ごめんなさい……」

消えそうな声で謝罪を繰り返す。俯《うつむ》く姿がなんとも庇護欲《ひごよく》をそそってきた。一方で剝き出しになった半裸の姿にドキリとする。

（やっぱり下着もかわいい系だったんだな……普段はとてもクールなのに、いつもあんなのつけていたのか……）

冷徹さすら感じさせた表情で、実際には女の子趣味丸出しの下着を身に着けている。そのギャップに股間の疼きが加速する。

「ふふっ……紫苑のエッチな姿に興奮しちゃったんですか？」

弥生が小さく笑いながら柔肌を押し付けた。

瞬間、半勃《はんだ》ちのペニスに甘やかな愉悦がこみ上げる。

義母の細い指がゆっくりと股間を撫で始めた。

「や、弥生さん……ここでそれは……」

「あら、慎也さん、まだ理解していないんですか？」

浮かべる微笑みは徐々に妖しくて淫蕩なものに変化していた。グロスを塗ったリップと濡れた瞳が卑猥に輝いている。

「私たちがみんな集まって、しかも下着姿で慎也さんを待っていたんですよ。するとなんて決まってるじゃないですか」

弥生の吐息が熱さを増した。同時に股間を弄る手付きが執拗《しつよう》なものになる。

それにペニスが反応しないはずがなかった。

「ああ……慎也の、もう大きくなってきた……」

紫苑を抱きすくめる皐月がうっとりとした様子でため息を漏らす。

紫苑も視線だけをこちらに向けて、瞬《また》きもろくにせず見つめていた。

「ねぇ、慎也さん。私たち家族は全員、あなたに骨抜きにされちゃったんですよ。その責任、取ってくださるかしら？」

弥生の手が完全体となった勃起を摑む。それだけで先走り汁が噴き出るのがわかった。

「い、いやっ、それは……これ以上の不貞は柑奈に……っ」

「今更、浮気はできないって言うんですか？　そんなの私も娘たちも認めませんよ……っ」

器用な手付きでズボンの留め具を外されて、いきなりパンツまでずり降ろされる。すっかり硬化し反り返った肉棒が弾けながら飛び出てしまう。

「慎也のおち×ちん、相変わらず立派だね……ああ、今すぐにでも欲しいかも……」

「はぁ、ぁ……お義兄さんの……あぁ……」

姉妹はあからさまに発情して、それぞれに卑猥な吐息を漏らしていた。

「うふふ……このおち×ちんが……私たちをこんな女に変えちゃったんですね……」

弥生はすぐに勃起へ指を巻き付けた。そのままゆるゆると前後に扱きを加えてくる。

「うぐっ……弥生さん……ダメです……こんなのはもう……」

こみ上げる愉悦をこらえつつ、慎也は抵抗の言葉を口にする。

だが、そんな慎也をあざ笑うかのように、弥生の手淫が一気に激しく繰り出され、背中を反らして硬直してしまう。

「自分だけ善人ぶらないでください。もう私たち全員、共犯なんですからね……ふふふ……」

弥生の貞淑さが仮面であることは知っている。彼女の本性は娘たちに負けず劣らずの卑猥なものだ。だが、今日の淫らさは明らかに普段以上である。

（ああ……このままじゃ流されてしまうっ。また柑奈への裏切りを重ねてしまう……

っ）

良識が激しく警告を発するが、強制的に焚《た》き付けられた本能は圧倒的だ。徐々に炎は大きくなって、理性や常識を燃やしてしまう。

「すごいビクビクしてますね……もう先っぽがヌルヌルです……」

弥生はさも楽しそうに緩急交えて手筒を動かす。ちびり出すカウパー腺液を絡め取り、亀頭や肉幹に塗りたくった。クチュクチュと淫猥な音色が静かなリビングに響き渡る。

「ほら、もっとエッチな液を漏らしてください。私たちに慎也さんのエッチなところ、たっぷりと見せて……」

弥生はそう囁くと、深緑のブラジャーを剝ぎ取った。圧倒的な大きさを誇る柔乳が波打ちながら晒される。

（ああ、弥生さん……子どもたちの目の前でそんな……）

常識外れな彼女の姿に、インモラルな興奮が滾《たぎ》ってしまう。

そして、それは弥生も同じらしかった。

「はぁ、ぁ……娘たちの前でこんな……私、とってもいけないことしてる……」

より熱を増した吐息が耳と首筋を撫でてくる。それだけで本能は沸騰し、さらに勃起を弾ませた。

弥生の乳房はしっとりしていて、まるで吸い付くようだった。大きく膨れ上がった乳頭のコリコリした感触もたまらない。

「お母さんのおっぱい、大きくてきれい……羨ましい……」

「うぅ……私と全然違う……」

目の前では皐月と紫苑が瞬きも忘れて見入っていた。二人とも顔を赤らめて、卑猥な視線を向けてくる。

「みんなとセックスしているんだから、今更、恥ずかしがったり気にすることなんかないでしょう？　みんなでもっと……もっと悪いことしましょうね」

弥生からの悪魔のような誘惑に、もう慎也は抗《あらが》うことができなかった。

3

慎也の脈動する勃起を手にして、弥生の興奮はどこまでも昂っていた。

（とっても硬くて熱くて……すぐにでも入れたくなっちゃう……）

下腹部の疼きは刻一刻と増している。蜜壺はもちろん、子宮までもが蠕動している感覚があった。

(いずれ、娘たちともしちゃうだろうってのはわかっていたけど……それでも、やっぱり妬《や》いちゃうわね)

この家に彼を招き、交わってからというもの、弥生の胸中は複雑だった。

慎也は身体を重ねる度に、逞《たくま》しい牡として接してくれる。それが弥生にはたまらなく嬉しかった。

だが、自分だけが慎也との幸福を甘受できるとも思っていなかったし、実際その通りになったのだ。

(娘たちにも自分と同じように幸せにしてくれたのはありがたいけれど……子供に嫉妬するだなんて、私って思ってた以上に母親としてダメなのね)

手淫に女としての情念が宿り、義息の肉棒を丹念に撫で回す。

片手だけでは飽き足らず、両手でペニスに触れていた。硬く膨れ上がった亀頭や肉幹を撫で回し、重くぶら下がる陰嚢を優しく揉む。

「うぅ……弥生さん、そんなにたっぷりと……あ、あぁ……」

慎也が声を震わせて快楽を訴えてくる。その姿に弥生の芯が震えて仕方が無い。

「もっと……もっと感じてくださいね。ふふっ、こんなにヌルヌルにしちゃって……」

彼の股間は先走り汁にまみれていた。濃厚な牡の匂いが立ち上り、嗅覚からも酔わせてくる。

（無駄に年を重ねているわけじゃないの。年長者には年長者なりの技術や考えがあるのよ。慎也さんと娘たちにも……しっかりと教えてあげなきゃ）

弥生はぴったりと身体を密着させせて、身体を揺らして白い肌を擦りつける。

肉棒への愛撫には緩急をつけ、手筒の締め付けは強弱を交えた。

「弥生さんっ、もう許してください……このままじゃもう出る……ううっ」

慎也は情けない声を上げると、膝をガクガクとさせてその場に崩れ落ちてしまう。

もちろん、それで許すはずが無かった。

「ダメでしょ、慎也さん……簡単に射精しないで。もっと我慢してくださいね」

肉棒を撫でては扱き、陰嚢を揉っては揉み続ける。

勃起の脈動は忙しなくなり、ついには彼自身が震え始めていた。

（ああ、私を相手にこんなにも感じてくれて……嬉しい……）

肉棒は今にも破裂せんばかりに膨れていた。おそらく、彼の言葉通りに長くは保たない。少し激しくするだけで、猛烈な勢いで白濁液を噴出するだろう。

（一番最初の精液は……私に出して欲しい……）

牝の本能が弥生の身体を動かした。

弥生は先走り汁でベトベトの両手でゆっくりとパンツを滑り落としていく。

クチュッと響いた粘着音は、自らの股間からのもの。陰唇はたっぷりの蜜を湛えて、パンツのクロッチは淫液にまみれてしまっている。

（ああ、もう無理……慎也さんより先に私が我慢できない……）

床に崩れ落ちた慎也を熱っぽく見つめつつ、弥生は彼の下半身を跨ぐ。

脈動する反り返りを手にとって、自らの姫割れに向けさせた。

「射精したいんですよね……いいですよ、射精するなら……私のここで思いっきり……っ」

泥濘に灼熱の球体が密着する。瞬間、弥生は一気に蜜壷を押し付けた。

「うあ、ああああっ……はっ、あっ……うあ、ぁ……」

脳天を貫く激しい喜悦に全身がガクガクと震えてしまう。視界と脳内が明滅を繰り返し、挿入だけで達したのだと理解した。

「うがっ……弥生さん……ダメですっ、出ますっ」

「いいですよぉ……思いっきり出してください。でも、一回イっただけじゃ許しませんから。抜かずに連続して中出ししてくださいね……っ」

自らの卑猥な言動にゾクゾクした。

娘たちの見ている前で、娘の夫と繋がっている。しかも、避妊具も使用せずに膣内射精を命じているのだ。

（私って本当にいけない母親……でも、もう立ち止まれないし戻れない……っ）

牡欲の滾りを求めて、腰が勝手に動いてしまう。

鋼の楔が子宮を圧迫し媚肉を抉る。それだけで途方もないほどの快楽と幸福とが弥生の体内を駆け巡る。

「ああ……お母さんすごい……羨ましい……」

「グチュグチュって……私も欲しいよぉ……」

背後からは皐月と紫苑の羨望の声が聞こえてきた。浴びせられる牝の視線が肌を焼き、卑しい本能を加速させる。

「ほらっ、慎也さんっ、出していいんですよっ。私の奥で思いっきりっ、いつもみたいに精液出してくださいっ、私に一番濃くて熱いのくださいっ」

弥生の腰使いはトップスピードへと変化する。蜜鳴りの音がリビングに響き渡り、はしたない嬌声を抑えられない。

(皐月も紫苑も見てっ。私がどれだけいやらしい女なのか、どれだけ慎也さんに変えられちゃったのか、しっかりと見てっ！)

狂った願望を胸中で叫び、膣奥を擦り付ける。

瞬間、若竿がはち切れる衝撃が訪れた。

「ああっ、もう無理ですっ！　出るっ、出るぅ！」

慎也が腰を両手で掴み、強烈に肉杭を突き上げる。

子宮を潰された感覚のあと、灼熱の牡液が注がれた。

媚肉が焼かれてすべての神経を焦がしてくる。それは圧倒的な法悦となって、弥生の心身を飲み込んだ。

「あ、ああっ！　イくっ、私も……中出しされてイっちゃうぅ！」

正面の慎也を思い切り抱きしめながら、喜悦に身体を硬直させた。

注がれた精液に蜜壺が歓喜しているのがわかる。もっと欲しいとばかりにうねっていた。

(ああ……こんなのダメになる……私、母親としても女としても……人間としてもダメになっちゃう……)

自らを崩壊させる凶悪な淫悦に、弥生はもう逃げられなかった。

4

大量の牡液を噴出し、慎也は半ば放心状態だった。

それでも、肉棒が温かく蕩けたものに包まれている感覚だけは鮮明だ。うねったり締め付けてくる媚膜に、勃起は脈動で応えてしまう。

（もうやめようと思っていたのに……またこんなことを……それも、みんなの目の前で）

不貞行為というだけでも許されないのに、それを皐月と紫苑に見せつけてしまった。おまけに膣内射精などというタブーまで追加してしまっている。

（いくら求められたからとはいえ……万が一のことがあったらどうすれば……弥生さんだって、まだ妊娠の可能性が……）

何度も膣内射精しておきながら、今更になって恐怖が再燃する。関係を清算しようとしていた矢先の失態に絶望的な気分になった。

「慎也さん……ああ、素敵です……」

一方の弥生は、慎也の胸中に気づく素振りはなく、陶酔した顔で見つめてくる。

吐精した肉棒を膣膜が締め付け蠕動していた。再びの硬化を今か今かと待ちわびている。

「まだですよ……まだ私は満足できていないんですからね……っ」

絶頂の汗で白肌を光らせながら、弥生の腰がゆっくりと動き始める。

愛液と精液とが混ざり合い、グチュグチュと卑猥な音色が辺りに響いた。同時に弥生の牝鳴きが木霊《こだま》する。

「ああっ、すごいですっ……いいところに当たって……はぁ、ぁ……もっとグリグリしてぇ」

騎乗位の体位で弥生は蜜壺を押し付ける。早く完全な勃起に回復しろとばかりに、過敏になった肉棒を熱烈に求めてきた。

「うぐっ、弥生さん待ってください……今はまだ……うぅ」

「ダメです、待てませんっ。ああっ、私ももう止まれないんです……ああ、慎也さんのおち×ちん、ずっと入れていたいのぉっ」

貞淑な見た目ではしたなさの極みのようなことを口走る。

美しい形を描く巨乳がたぷんたぷんと重そうに揺れていた。柔らかそうな乳肌が刷毛塗りの汗で妖しく照り輝いている。乳頭は今にも弾けそうなくらいに肥大していた。

（弥生さん、エロすぎる……いつも以上に積極的で……っ）

暴走していると言ってもいい彼女の牝欲を前にして、若い本能がすぐさま息を吹き返してきた。

若干萎《な》えていた肉棒は、むくむくと硬度と角度を取り戻す。あっという間に完全体となり、熟れた媚肉を抉り始める。

「ああっ、戻ってきた……っ。そうです……そのままでしてっ。私の中をグチャグチャにしてくださいっ」

長い黒髪を舞い散らせながら、弥生が卑しく破顔した。

腰の動きはさらに激しくなり、前後に揺するだけでなく、左右に動いては円を描くように変化する。

「ああ……すごいいやらしい匂いがする……本当にグチャグチャだ……」

「お母さん……羨ましすぎるよ……」

いつの間にか皐月と紫苑が自分たちの脇にいた。二人揃って淫蕩な顔を浮べて、結合部を凝視している。

彼女たちも完全に発情していた。卑猥さしかない皐月の下着はブラジャー越しにも乳首が隆起しているのがよくわかる。紫苑に至っては腰がカクカクと動いてしまっていた。

(見られながらするのって、恥ずかしいけど……めちゃくちゃ興奮するな)

美女たちからのねっとりとした視線に、勃起が歓喜の震えを繰り返す。血流は止めどなく集中し、硬度はさらに増していた。

「ああっ、すごいの……本当にすごいのっ。止まらないですっ……おかしくなっちゃう！」

興奮しているのは弥生も同じだ。手塩にかけて育てた娘たちに視姦され、理性はもはや吹き飛んでいる。汗を飛び散らせながら一心不乱に快楽を求める様は、ただのあさましい牝の獣でしかなかった。

「慎也さんっ、もっと、もっと貪ってください。私のおっぱいもいっぱい揉んでぇ！」

弥生は慎也の手を摑むと、自らの蜜乳に押し付ける。

ふわふわの大質量が指の一本一本を包み込み、もっちりと吸着してきた。その法悦に意識が遠のきかけてしまう。

(ああ、揉み心地がたまらない……こんなの、ずっと揉んでいたいっ)

慎也は腰を突き上げながら、白い熟乳を揉みこんでいく。下から掬い上げてずっしりとした重みを堪能しつつ、どこまでも沈み込む柔らかさに没頭した。

「いっぱい揉んでっ！　もっと……ああっ、激しく強く揉んでぇ！」

弥生はそう言うと、自分から乳房を突き出してくる。

言われるがままに乳肉を揉み込んだ。大きく手を広げてパン生地をこねるかのように繰り返す。

痛いはずなのに、弥生はそんな素振りは見せない。痛みすら快楽に変わっているのか、ますます牝鳴きを響かせるだけだった。

（揉むだけじゃ……満足できないっ）

慎也は身体を起こすと、揺れ弾む蜜乳へと顔を埋めた。甘い香りと柔和な感触に包まれながら、凝りきった乳頭を口に含む。そのままちゅうっと吸い付いた。

「ひあ、ああんっ……吸ってっ、ペロペロしてぇ……ああ、おっぱいまで気持ちいいですぅ！」

慎也の頭を掻き抱いて、乳肉へと顔を引き寄せられる。

弥生の乳芽はガチガチに硬化していた。乳房のサイズに合わせて大きめの乳輪もたまらない。慎也は興奮に身を任せて、乳首も乳輪も、その周りの乳肉をも貪っていく。

（柑奈も紫苑ちゃんも、このおっぱいを吸って育ったんだ。僕も弥生さんのおっぱい

飲めたら幸せなのに……っ）

　きっと弥生のミルクは芳醇な味わいであろう。濃厚な甘さを想像するだけで、出るはずのない母乳を求めて繰り返し吸引してしまう。

　倒錯的な考えは、すぐに牡欲へと転嫁した。会陰《えいん》の奥が激しく疼き、弥生への突き上げが勢いを増す。

「ああっ、慎也さんっ、すごいっ……ああ、そんなにされたら……うあ、あっ、イくっイくぅ！」

　慎也の身体に爪を立て、ビクビクと身体を震わせる。ドロドロになった膣膜が剛直を食いしめた。

　しかし、慎也は止まらない。止まることなど不可能だった。

（僕もこのままだと出る……出したい……弥生さんにまた出したいっ）

　膣内射精への抵抗は、猛り狂う獣欲に吹き飛んだ。

　汗まみれの弥生をきつく抱きしめながら、慎也は休む間もなく剛直を突き上げる。

「ひっ、ひいいっ！　イってるんですっ、イってるの……ああっ、今そんなに突かないでぇ！」

　絶頂の最中に喜悦を与えられ、弥生が錯乱したように甲高い悲鳴を上げる。

何度も頭を振り乱し、長い黒髪が周囲を舞った。頬や首筋、肩や背中に髪が貼り付く様が卑猥なことこの上ない。男を煽るには十分すぎる光景だった。

(もう僕も限界だ……イくっ！)

沸騰する本能に従って限界まで腰を激しく動かした。グチャグチャと攪拌《かくはん》する結合部は、互いの淫液が泡立ち白濁にまみれている。目眩のするような淫臭が、慎也の牡欲を引き上げる。

「出しますっ、ああっ、弥生さんの一番奥に……ううぅ！」

「出してっ、出して出して！　精子でイかせてっ、中から慎也さんまみれにしてぇ！」

牝の願望を叫ぶ唇は、閉じることを忘れてしまって涎を垂らす。

喜悦に心身を支配された義母の姿はあまりに下品で、それ故に美しくて魅力的だ。

もう限界だった。

「ううっ、弥生さん……あ、ああっ」

ドスン、と強烈な杭打ちとともに、瀑流のごとく欲望液が噴出する。

「ひぎっ！　い、あ、ああっ……はぁ、ぅ……！」

両眼を大きく見開き、濡れた身体をしならせた。鳥肌となった白肌が硬直しながらビクビクと震える。

(ううっ……間髪入れずの二回目だっていうのに……すごい出ている……腰が砕ける……っ)

あまりの射精感に意識が遠くなりそうだった。視界が霞んで聴覚までもがぼんやりとする。

力いっぱいに押し付けあった結合部が、弥生の弛緩とともに解かれた。

むわりと生々しい匂いが立ち上り、その熱さは湯気が立ちそうなほど。淫華とその周りはドロドロに汚れてしまい、姫割れはぱっくりと口を開けている。閉じることを忘れた淫膜はヒクヒクと余韻の蠕動《ぜんどう》を繰り返し、やがて、見るからに濃厚そうな白濁液を漏らし始めた。

「はぁっ……はっ……かはっ……うぅ……」

おびただしい汗の雫を垂らしながら、弥生は激しく呼吸する。瞳の焦点《しょうてん》は定まっておらず、完全に放心状態だった。

「弥生さん、大丈夫ですか……うわっ！」

心配になった慎也だが、弥生を介抱しようとした矢先、再び身体を押し倒された。

「慎也くんすごい……あんなの見せられたら私……っ」

顔を覗き込んできたのは皐月だった。

発情はもはや限界を迎えているようで、はぁはぁと熱い吐息を途切れることなく繰り返している。大きな瞳は蕩けるように潤んでいて、視線には切なさが色濃い。

「ちょ、ちょっと待ってくださいっ。連続してイったばかりだし、そもそも弥生さんを」

「お母さんなら私がきれいにするから……早く、皐月お姉ちゃんを抱いてあげて……」

静かな声で紫苑が言った。

もっとも、彼女も平常とはほど遠い。顔どころか鎖骨付近まで濃いピンク色に染まっており、繰り返す吐息はたっぷりの甘さを含んでいた。口調も呂律が回っていない感じがする。

「そういうことだから……ふふっ、覚悟してね」

皐月が白い歯を覗かせて、淫靡な微笑みを向けてくる。

覆いかぶさってマウントを取ってくる彼女に吐精したばかりの慎也は、なす術がなかった。

5

「慎也くんは何もしなくていいよ……私が勝手にしちゃうからね」

皐月はそう言うと、慎也の肩口に顔を埋めてきた。

すぐに首筋に温かい感触が訪れる。彼女の柔舌が滑り始めた。

（うぅ……そんなにねっとりと……あぁ、ダメだ……感じてしまう……）

皐月の舌遣いは巧みだった。つつっと舌先でなぞってきたかと思えば、舌の腹で大胆に舐めてくる。それを丁寧かつ執拗に繰り返されて、首筋を舐め終わると、今度は肩へと移動してきた。

「んちゅ……はぁ、ぁ……慎也くんの汗、美味しい……ふふっ、お母さんの味も混ざってる……」

異常な言葉を陶酔した様子で口にする。その言葉は本当のようで、皐月は上質なシロップを味わうかのようにして、たっぷりと舌を動かしていた。

「皐月さん……そんなに舐められると……あ、あぁ……」

肩から胸板を通って乳首をねっとりと舐められる。唾液を練りこむように動く柔舌に、ジンジンと甘やかな愉悦がこみ上げた。

「んふっ……慎也くんはおち×ちんだけじゃなく、おっぱいでも気持ちよくなっちゃうもんねぇ」

舌遣い同様のねっとりとした口調で皐月は言うと、集中的に乳首を攻めてきた。硬くした舌先で弾いたかと思えば、柔らかく包んで擦られる。さらには、もう一方の乳頭を指先でつままれて、くりくりと転がされた。

(なんて上手なんだ……こんなのたまらない……っ)

愉悦とこそばゆさに同時に襲われ、慎也は無意識に身をよじる。

しかし、皐月はしっかりと身体を固定してきて、逃げることを許さなかった。

「おとなしくして……言ってたでしょ、慎也くんはされているだけでいいんだって」

甘い声色で言われれば、その通りにしてしまう。

皐月は胸部から離れる気配がしなかった。強弱を交えながら、ペロペロと乳首を舐め続ける。

さらには、ちゅっと吸い付いたかと思えば、頬を窄めて吸引してきた。

「ううっ……それは……ああっ」

今度は前歯で噛んでくる。強すぎず弱すぎずの絶妙な塩梅で挟まれて、全身にチリチリとした淫悦が広がった。

「ふふっ、気持ちよさそうな顔して……嬉しくて興奮しちゃう」

そう囁く皐月に視線を向ける。

褐色気味の肌に黒い下着は艶やかで、見ているだけで煩悩をくすぐってくる。光沢を放つ黒髪の奥で、丸くて大きな尻丘が揺れていた。その動きは明らかに股間への刺激を渇望している。

(皐月さんまで……なんでこんなにエッチなんだ……っ)

二度も精液を放ったペニスにまたしても疼きが生まれていた。だらりと萎えていたのに、徐々に先端が持ち上がり、硬さと太さを漲《みなぎ》らせていく。

「あらら……さすがね、慎也くん」

股間の回復に気づいた皐月がニヤリとすると、乳首を舐めしゃぶりながら半勃ちのペニスに手を添える。

指先で撫で回されて、亀頭をつんつんと突かれた。それだけで慎也は腰を跳ね上げて反応してしまう。

「ううっ……今は敏感なんですよ。だから、ちょっと待って……」

「敏感なら、なおさらじゃない。このままもっと、もおっと大きくしてもらわなきゃね」

淫蕩な笑みを浮かべながら、キャラメル色の指が肉棒に絡みつく。そのままゆっくりと上下に往復し始めた。

（ああ、皐月さんに弄られて大きくなってしまう……なんて節操がないんだ、僕は……）

自分自身に絶望するものの、こみ上げる淫悦は否定できない。

結局、男根はあっという間に肥大して、呆れるくらいに見事な反り返りを披露してしまう。

「んふふっ……慎也くんのおち×ちん、ガチガチだぁ……簡単に勃起しちゃうんだから、どうしようもないねぇ……」

小馬鹿にするような口調がどういうわけかゾクゾクした。自分には被虐願望などないはずだが、皐月の卑猥な上から目線には敏感に反応してしまう。

皐月は手を休めることなく勃起を弄った。亀頭に手のひらを滑らせて、肉柱全体を指先でなぞっては、柔らかく握って緩慢に扱《しご》いてくる。

（そんなじわじわと……ダメだ、チ×コが勝手にヒクヒクしてしまう……っ）

弥生の蜜壺に長く浸かっていた剛直は、今も彼女の淫液にまみれている。ゆっくりとしたペースで扱かれる度に、クチュクチュとはしたない粘着音が響いていた。

それとともに、肌を滑る皐月のリップからも悩ましい吐息と一緒に水音が聞こえてくる。

彼女は乳首をようやく離れると、ゆっくりとしたペースで腹部へと下っていた。

やがて、皐月の口元が下腹部へと到達する。卑猥な蜜でベッタリの陰毛へ、当たり前のように顔を埋めた。

「はぁ、ぁ……とってもいやらしい匂いがする……慎也くんとお母さんの匂い……これ、とっても好き……」

ふんふんと鼻を鳴らして蕩け顔を晒す皐月。その振る舞いは、痴女というよりほかにない。

「皐月さん……その、恥ずかしいですよ……」

「お母さんとのあんなセックス見せつけておいて、今更恥ずかしがるなんておかしいでしょ」

蠱惑的に皐月は笑う。だが、すぐに眉尻を下げると、切なそうな表情を向けてきた。

「今から……このおち×ちんに、私の匂いもつけてあげるんだからね……んんっ」

肉棒の根元に温かくて蕩けた感触が訪れる。ゆっくりとそれが先端へと登ってきた。

(皐月さん、こんな状態のチ×コを舐めるのか……っ)

　慎也は眼前の光景を目を丸くして見つめる。

　義姉は見ろとばかりに大胆に舌を伸ばしていた。舌全体を使ってたっぷりと肉棒を舐め上げる。

　過敏状態の勃起には、舌粘膜の愉悦がたまらない。彼女の顔を叩くようにして、ぶんぶんと大きく振れていた。

「んもう……そんなにフェラが嬉しいの？　本当にエッチなおち×ちんなんだから……」

　皐月は満足げに囁くと、膨れ上がった亀頭に舌を絡ませる。キャンディーを味わうかのように舐めまわし、ついにはゆっくりと飲み込んだ。

「うあっ……皐月さん……はぁ、ぁ……」

　蕩けるような愉悦がこみ上げ、情けない声を漏らしてしまう。

　そんな慎也を、皐月は熱っぽい瞳で見つめていた。

　やがて、彼女の口腔粘膜に勃起のすべてが包まれてしまう。

（皐月さんの口、温かくて……ああ、とても気持ちいい……）

　汚れた肉棒を飲み込まれているという罪悪感や羞恥は、湧き上がる快楽に霧散していく。

「んんっ……ふぅ、ぅ……」

一方の皐月は若干苦しそうな表情を浮かべていた。

しかし、勃起を吐き出す素振りは微塵も見せない。ふぅふぅと鼻で大きく呼吸をしつつ、しっかりと唇を密着させている。

やがて、彼女の顔がゆっくりと動き始めた。ぴったりと吸着している唇が肉幹の表面を滑り、ぞわぞわした快楽が背筋を駆け抜ける。

「はぁ、ぁ……慎也くんのおち×ちん、相変わらず立派だね。しゃぶっているだけで……あぁ……」

芳醇な酒に酔ったかのように、皐月が甘ったるい声色で呟いた。

鈴口や裏筋、陰嚢をたっぷりと舐めては、肉槍を根本まで頬張った。それを何度も繰り返す。

ただでさえ弥生の発情液でドロドロだった肉棒は、今度は皐月の唾液にまみれていた。

(弥生さんのおま×こに入っていたチ×コを、皐月さんが舐めしゃぶるなんて……やってることがいやらしすぎるだろ……っ)

あまりにも非現実的な事実は、煩悩をじわじわと熱していく。

先ほどまでの虚脱感が嘘のように、全身に牡としての覇気が漲《みなぎ》っていた。特にペニスはもはやはち切れそうなくらいに肥大している。

「あぁん……本当にガチガチ……たまんない……っ」

卑しい牝と化した皐月は嬉々として、肉棒を喉奥まで飲み込んだ。

顔を揺らして喉奥に当てた亀頭を愛撫する。続けて、グチュグチュと下品な音を響かせながら、大きく頭を上下させてきた。

「ああっ、そんなに激しくフェラしないで……ぐぅっ」

たまらず慎也は制止を懇願するが、皐月の動きは止まらない。

慎也をしっかりと見つめながら、苛烈に口腔粘膜を擦過《さっか》してくる。

「お姉ちゃんまで……あぁ……フェラってそうすればいいんだ……」

弥生の介抱を終えた紫苑が真横からフェラチオを覗いてきた。

真っ白な肌に、じっとりと汗が滲《にじ》み出ている。半開きになった唇からは熱い吐息が途切れず続き、表情は何かをこらえるかのように辛そうだ。

「んあ、っ……そうよ……慎也くんはおち×ちんをしゃぶられるのが大好きなの。あなたも後でしてあげれば、きっと喜んでくれるはずよ……んふっ、んぐっ」

紫苑への言葉もそこそこに、彼女はなおも肉棒を頬張り続ける。

溢れ出た唾液が泡立って、肉棒はもちろん彼女の口周りまでベトベトだ。しかし、皐月はそんなことに構う素振りはなく、一心不乱に顔を振り続けてくる。

額や髪の生え際からは汗の雫をいくつも垂らすが、それすら無視していた。

(お尻の揺れ方がさっきよりすごい……皐月さんも入れたくなってるんじゃないのか？)

丸い臀部の揺れ動く様は、どう考えても牝の本能の昂ぶりだ。肉棒を挿入し、子種液を注がれたい。口にはせずとも、彼女の身体がそう叫んでいる。

「はぁ、ぁ……もう……いいよね……ふふっ」

ペニスと唇との間に長い糸を引きながら、皐月が褐色の身体をゆっくり起こした。ゆらりと力なく立ち上がると、唾液まみれの両手を自らのウエストから少しずつなぞり下ろしていく。粘液がキャラメル色の肌を照り輝かせるのが、あまりにも淫靡で見惚れてしまう。

「ねぇ、慎也くん……」

甘く溶けた瞳が慎也を見つめる。

指先が総レースの黒いパンツに引っかかっていた。少しだけ下へとずらせば、自重で滑り落ちてしまうだろう。

あの美しい無毛の秘園は、いったいどんな状態なのか。考えるだけで意識まで焦げてしまいそうだ。

「もうしようよ……これ以上は耐えられないよ。いいよね……あぁ……」

牝の吐息を漏らして、皐月がついにゆっくりとパンツをずらす。

なめらかに広がった骨盤を薄布が撫で、太ももに差し掛かると同時に落下した。皐月の聖域がさらけ出される。

(ああっ、パンツはもちろん、周りまでヌルヌルだ……っ)

めくれたパンツはクロッチ部分にたっぷりの蜜を含んでいた。

そして、披露する股間は全体が淫液に濡れている。姫割れの中からはクチュクチュとあさましい水音が聞こえていた。

「皐月さん……おま×こ、すごいことになってますよ……」

「こんなふうにしたのは慎也くんじゃないの……中だってほら……はぁ、ぁ……」

皐月の両手が姫割れの脇へと添えられた。そのまま左右に開け広げられる。

(うわっ……本当にすごい……ドロドロじゃないかっ)

淫膜の中は大量の蜜であふれていた。鮮やかなピンク色の粘膜がヒクヒクと息づいて、刺激を今か今かと期待している。

「あの夜、慎也くんとしちゃってから……もう私のおま×こは慎也くんを忘れられないの……仕事中も普段の生活でも……少しでも油断すると疼いちゃうんだから……ああ……」

視線を浴びたことで興奮したのか、健康的な肢体がブルリと震えた。

満開状態の淫華から雫となった蜜がゆっくりと垂れ落ちる。慎也の下腹部に落下して、肌から発情の熱で焦がしてきた。

「もう我慢できないよ……入れちゃうからね……ダメって言われても、無理やり入れちゃうんだから……」

翳《かげ》りのない股間が肉棒の先端に近づいてくる。

彼女は勃起の側面に手を添えて角度を調節すると、一つ大きく長いため息を漏らす。挿入への期待のせいか、褐色の肌が戦慄いていた。

「慎也くん……私にもお母さんのように……たっぷりと出さなきゃダメだからね……うあ、あ、ああっ！」

亀頭が媚膜に飲み込まれたと思った瞬間、彼女は一気に蜜壺を押し付けてきた。

灼熱のぬめりと強い締め付けに、肉棒は歓喜の跳ね上がりを繰り返してしまう。ビクビクと脈動するたびに、先端を圧迫する膣奥を叩いた。

（うう……弥生さんとは全然違う……皐月さんのおま×こも、めちゃくちゃに気持ちいい……っ）

弥生の膣膜が優しく包みこむならば、皐月の蜜壺は情熱的に求めてくると言うべきか。どちらがいいとか悪いとかではない。双方ともに男を魅了するには十分すぎる名器だった。

「あ、あぁ……やっぱりすごいぃ……入っただけで……はぁ、ぁ……」

皐月はおとがいを上に向けながら、恍惚とした様子で声を震わせる。

目の前の引き締まった腹部がヒクヒクと前後していた。蜜壺の圧迫も強弱を繰り返している。

（これ、入れてるだけでイってるんじゃ……皐月さんも本当にエッチだ……）

やがて、彼女の黒い身体が粟立ってから硬直する。そのままビクンと大きく跳ねると、じわりと汗が噴き出てきた。

「はぁ、ぁ……ダメ……入れてるだけでイっちゃう……ああ、慎也くんとのエッチ、本当にたまらないよぉ……っ」

絶頂を経たばかりだというのに、皐月はゆっくりと腰を動かし始める。

あふれ出た愛液が結合部の周囲を濡らし、グチュグチュと淫猥な音色を響かせていく。

（おま×この奥が擦り付けられて……ああっ、そんなに強く押し付けないで……っ）

皐月は結合部にしっかりと体重を乗せて、貪欲に密着を求めてきた。

チリチリと焦げ付くような愉悦がこみ上げて、肉棒はあさましい脈動を繰り返している。

「中でビクビクしてるのよくわかるよ……いっぱい押し広げられて……ああ、ぁ……素敵ぃ……っ」

腰の動きが徐々に速さを増してくる。発情の吐息は間隔を狭めていて、甲高い嬌声がリビングに木霊する。

（気持ちいいし、皐月さんはエロすぎるし……二回も射精していなかったら、とっくに射精しているな）

義姉の卑猥な牝の姿に興奮は加速する一方だが、慎也にはある程度の余裕があった。されているだけでは満足できない。あの夜から断続的に続けている関係の結果、皐月がどのようにされて悦ぶのかは、しっかりと把握済みだ。

慎也は揺れ動く皐月の腰をしっかりと掴む。続けて、自らの腰をググッと彼女の奥へと押し上げる。

「んあ、ああっ！　それっ、ああっ……すごい当たるのっ……ああ、ダメっ、当たっちゃうっ、すごくいいとこ当たっちゃうぅ！」

皐月の声のトーンが高くなり、滑らかな黒い肌に硬直の予兆が見て取れた。

（こんなにもいやらしいんだ。だったら……とことん感じて、イきまくってもらうっ！）

ほの暗い牡の欲求がじわじわと肥大する。

皐月は初めて関係した時に、壊れるだとかおかしくなるだとかと喚いては、必死にそれを求めていた。ならば、この場でその時以上の破滅的で凶悪な快楽を叩きつけてやればいい。

（まともな女じゃいられなくしてやるっ。人妻だとか、柑奈のお姉さんだとかはもう関係ないっ。むしろ、だからこそ……壊してやるっ！）

初めて抱いた牡としての激情が、慎也を燃え滾らせた。

6

義弟と繋がる愉悦に皐月はすっかり酔いしれていた。

先ほど絶頂したばかりだというのに、次の頂点はすぐそこにまで迫っている。

(ああっ、気持ち良くて幸せ……慎也くんとなら、もっと何回でもイきたい)

妹への罪悪感が無いと言えば嘘になるが、それを差し引いても彼とのセックスはあまりにも魅力的だ。

自分の蜜壺に彼のペニスはよほど合っているのか、骨身を震わせるほどの法悦が止まらない。女としての本能は止められず、自ら激しく腰を振り乱してしまう。

「あ、ああ、あああっ、ダメっ……もうイくっ、またイっちゃうっ……んぎぃ!」

絶頂へと向かった刹那、強烈な突き上げが皐月を襲った。

自分の予想よりも早いタイミングで喜悦が爆発し、たまらず変な声が出てしまう。

(慎也くんったら、私に任せてって言ってたのに……っ)

よほど自分との結合が気持ち良かったのだろうか。そうであるならとても嬉しい。

しかし、そんな考えはすぐに霧散して、混乱へと書き換わる。

「あ、あぐっ、ううぅ……待ってっ、今イったの、イったからぁ!」

絶頂の最中にあっても、慎也の突き上げは止まらない。彼は必死な表情を浮かべながら、しっかりとこちらを見つめていた。その瞳はいつもの優し気なものとは違い、獰猛な獣を思わせる。

（慎也くんっ、どうしたの。さっきまでと全然違う……っ）

慎也の豹変ぶりに恐怖めいたものを感じてしまった。逃げなければいけない気がする。

しかし、絶頂に達したばかりの身体では、男からの拘束を解く力など残っているはずがない。

「イったところで……皐月さんはまた次を求めるでしょ。そのくらいのこと、とっくにわかってますよっ」

慎也はそう叫ぶと膣奥を容赦なく突き上げ続ける。

「ま、待ってっ……ダメなのっ、は、激し……ぅぅうんっ」

休む間もなく肉棒を出し入れされて、結合部からは恐ろしいほどにはしたない粘着音が響き渡る。

子宮を潰される感覚に、総身が電流を打たれたかのように痺れてしまった。瞳が映し出す光景がチカチカ激しい明滅を繰り返す。

（ああ、ダメ……またイっちゃうっ……我慢したくて、そんなのできない……ああっ、来るっ）

黒い肌がビクビクと震えて、本能から蜜壺を押し出してしまう。

一瞬で視界と脳内が真っ白になった。ふわっと身体が浮く感覚があり、慎也の腕を思い切り掴んでしまう。

「またイったんですね。ホントに簡単にイっちゃう人だ……どこまでもエッチな人ですねっ」

慎也からの打ち上げは止まらない。スイッチを切り忘れた機械のように、たくましい男根を途切れることなく叩きつけてくる。

「ああっ、イったのっ。もう何度もイったのっ。だから……はぁ、ぁっ、もうやめてぇ！」

たまらず甲高い声で悲鳴を上げるも、慎也は完全に無視をしていた。

それどころか、剛直のスピードと威力は徐々に激しさと強さを増している。

（イヤぁ……壊れちゃうっ。本当に壊される……っ）

身体を支えられなくなって、慎也の胸板へと崩れ落ちる。

すぐに彼は背中に手を回して抱きしめてきた。その状態で肉棒のピストンを継続してくる。

（やめてやめてっ……全部壊れるから……何もかもがおかしくなっちゃうっ）

嬌声と言うよりは悲鳴と呼ぶべき声を響かせて、何度も激しく頭を振る。

慎也の肌は汗にまみれて熱かった。その肌触りが皐月の官能を破滅的に沸騰させる。

「あはっ、あぐぅ、ぅ……イヤ、イヤイヤっ、あ、ああっ」

再びの喜悦が脳天を貫いて、全身の筋肉が硬直した。褐色の肌に汗が吹き出て、細かい粒をまき散らす。

（ダメぇ……こんなのありえないっ。こんな……こんなセックス信じられないよぉ）

一突きされるたびに頭の中が爆発し、人間としての矜持が削れていく。もう皐月は自分を維持できなくなり、はしたない絶叫を響かせながら、あらゆる体液を漏らすだけになっていた。

「皐月さんが悪いんですよっ。自分からいやらしくエッチしてくるからっ。だから、僕も同じようにしますっ。僕がイくまでチ×コを動かすの止めませんからっ」

慎也は鼻息を荒くして、剛直を股間に叩きつけてくる。

汗にまみれた肉同士が激しくぶつかり、バチュンバチュンと濡れた打擲音《ちょうちゃくおん》が響き渡る。卑しい液にまみれた結合部からは、強烈なまでの淫臭が放たれていた。

「お姉ちゃんが犯されてる……ああ、見てるだけで感じちゃう……っ」

紫苑の呼吸は先ほどよりも激しくて、過呼吸かと思えるほどだ。よくよく見ると、白い腕が自分の股間に伸びている。

（私が犯されてる姿に興奮して、オナニーしているの……紫苑までこんなにエッチになってるだなんて……っ）

不思議な連帯感を感じてしまった。半分だけの血の繋がりではあるものの、彼女は紛《まぎ》れもなくかわいい自分の妹である。

そんな彼女が自らの痴態で発情していることが、心の底から嬉しかった。暴力的な快楽は、倒錯的な家族愛を生み出している。

（ああっ、またイくっ……紫苑に見られながら、慎也くんのおち×ちんでイっちゃうぅ！）

もはや絶頂を口にする余裕もなく、皐月は全身を強張らせる。

全身を覆う汗はおびただしく、風呂上がりかと思わせるほどに大量の雫が滴っていた。黒いショートカットの髪も濡れている。

「本当によくイきますねっ。弥生さんや紫苑ちゃんの目の前でイきまくって、恥ずかしくないんですかっ」

獣欲を漲らせる慎也は、なおも突き込みをやめる気配はない。

（恥ずかしいなんて感情、持てる余裕なんかないっ。むしろ、見られてると思うだけで……っ）

絶頂に絶頂を繰り返して、皐月の思考や感覚は確実に狂っていた。部屋のむせ返るような淫らな空気、慎也の体温や汗、呼吸と声、そして家族の視線、すべてが喜悦に繋がっている。

（もうおかしくなっちゃった……もう戻れない……このままどこまでも壊されたい……）

諦観はすぐに下品な牝の期待へと変換される。開き続ける唇から当たり前のように涎をこぼしつつ、皐月は本能に忠実になって懇願する。

「もっと壊して……もっとグチャグチャにして……慎也くんの望むままに……おま×こも私も壊してぇ」

皐月の哀願ともいうべき求めに、慎也はすぐに反応した。強靭な肉槍を突き刺しながら、皐月を押し倒して上下を逆にする。

「元からそのつもりですっ。頭も身体も……徹底的に壊しますからねっ」

そう言い放つや否や、強かに剛直を叩きつけてくる。

バチュンと濡れた肉の弾ける音ともに、皐月の牝の叫びが室内に響き渡った。

「あぁぅん！　ああっ、はぁ、ぁっ……ひぃぃっ！」

体位が変わったことで動きやすくなったのか、慎也の攻めは先ほど以上の苛烈さだ。

大きく腰を引いたかと思えば、渾身《こんしん》の力をもって腰をぶつけてくる。

パンパンに張り詰めた先端が、子宮へ直接響くように衝撃を与えてきた。

(あぁ、もう何も考えられないっ。気持ちいいなんてもんじゃないっ。このままされたら私、本当に狂っちゃうっ。慎也くんとのセックスしか考えられなくなっちゃうぅ!)

がむしゃらになって肉棒を繰り出す慎也に爪を立ててしがみつく。あとは湧き上がる喜悦に絶叫を響かせるだけだ。

絶頂の波はもはや途切れることなく皐月を襲い、皐月のすべては圧倒的な淫悦に飲み込まれていた。

7

慎也は一心不乱に腰を突き出し続けた。

猛り狂う欲望を抑えることは不可能だ。自分でも気づかなかった獣としての本能が、褐色の卑しい美女に子種液を注ぐよう肉体を支配している。

(狂うなら狂えばいい……僕はもうおかしくなってるんだから、皐月さんもおかしく

なればいいんだっ）

汗を垂らして呼吸を乱して、慎也は膣洞の掘削《くっさく》を続けていく。

皐月との結合部からは白濁化した愛液が止めどなくあふれていた。それが陰唇の周囲はもちろんのこと、彼女の下腹部や太ももの付け根あたりにまで広がっている。

室内を満たす空気は熱気と淫気に満ちていて、呼吸をするだけで本能を揺さぶるほどだ。

「ああっ、はぁん！　ひぃ、っ、いいいん！」

もはや言葉も出てこないのか、皐月は狂ったように牝の叫びを響かせる。汗でビショビショになった黒肌の照り返しが淫靡なことこの上ない。

（おま×こだけじゃなくて、おっぱいからも皐月さんを攻めなきゃ。一緒に感じさせてやるっ）

未だ乳房を覆っているブラジャーに手をかけて、カップを上へとずらしてやる。

見事な美乳がさらけ出て、突き込みに合わせて弾んでいた。二つの頂点では乳芽が弾けそうなくらいに膨らんでいる。

（ああ、なんてきれいで、いやらしいおっぱいなんだ……っ）

慎也は両手で左右それぞれの乳房を掬うと、荒々しく揉みまわす。乱暴なのは理解していたが、優しく施す余裕などない。

すぐに乳首に指をかけた。そのまま指の腹で弾いてやる。

「きひぃ、っ！　あ、ああっ、おっぱいも一緒は……あ、あはっ、あぁっ！」

皐月は上体を反らして鋭く反応した。やはり彼女は乳首が敏感だ。

「おま×こだけじゃなくて乳首も感じてください。おま×こだけじゃ寂しいでしょっ」

乳芽を摘んでクリクリと転がし、引っ張っては捻《ひね》ってやる。そして、ぎゅっと押しつぶす。

「ひぃ、いん！　あ、あぐっ……お、おっぱいも……うぅ、すごいぃ！」

皐月の身体がブリッジのように背中を浮かせる。黒い肌越しにしなやかな筋肉が浮かび上がり、それらが硬直しながらビクビクと震えを繰り返す。

（またイってる……うぅ、おま×こがどんどん締まってくる……っ）

絶頂すればするほどに、皐月の膣膜は締め付けを強くした。グッグッと断続的に圧迫してきたかと思えば、ググッと長い締め付けを与えてきたりする。

（僕も……そろそろ限界かも。このまま皐月さんの一番奥に……っ）

どす黒い獣欲では膣内射精以外は考えられない。人の妻に、柑奈が心の底から慕《した》っている義姉に白濁液をぶちまける。その罪悪感と背徳性に劣情の暴走は加速する。

「ううっ、皐月さん……皐月さんっ」

後先を考えぬ猛烈な腰遣いで、最後のスパートをかけていく。

皐月を組み敷いて、両方の脇を丸出しにした。

汗でビショビショの腋窩《えきか》に舌を伸ばし、荒々しく舐めまわす。

「ひぃ、ぃっ！　そんなとこまで……あ、あぁっ！」

信じられないといった顔で彼女は見てくるが、慎也を振りほどくだけの余裕などない。

皐月の脇はツルツルで何のひっかかりも感じなかった。おそらく、股間と同じく脱毛しているのだろう。

(味と香りが濃くて……ああ、口と鼻の中からクラクラするっ)

汗とは違う濃厚な香りは彼女のフェロモンなのだろうか。なんとも形容しがたい芳香は、少しの不快感も抱かせない。むしろ、香ばしさを感じさせ、慎也は鼻腔いっぱいに空気を吸い込む。

「舐めちゃイヤっ！　ああ、嗅がないでっ……うあ、あああっ！」

大胆に両方の腋窩を舐めた後、しこり切った乳頭にしゃぶりつく。

舌の動きに合わせて、皐月の身体は何度も跳ねた。その身体をしっかりと抱きしめて、じゅるじゅると音を立てて吸引する。

（弥生さんとは全然違うな。おっぱいも乳首もぷりぷりしてるっ）

弥生の女体も魅力的だが、やはり若さでは皐月が勝る。おまけに彼女は水泳のインストラクターなのだから、肉体は同年代よりも若々しいのだ。

慎也は拘束するようにして皐月を抱きしめ、彼女の全身を貪りながら膣奥を掘削する。

お互いの肌と肌とが密着し、汗を潤滑油にして擦れ合う。皐月の熱とぬめる感触が本能をダイレクトに刺激して、肉棒に漲る力はいよいよ限界を迎えそうだった。

「ああ、もうイきそうですっ。はぁ、ぁ……あぁっ」

慎也は劣情の赴くままに膣奥に勃起を叩きつけた。皐月への負担や苦しさなどはもはや考えられない。己の本能のみに忠実になって、組み敷いた牝を貪り食う。

「ひぃっ、ひぃ、ぃ！　出してっ！　ああ、出してぇ！　慎也くんをちょうだいぃ！」

精液を懇願するように皐月が激しく腰を動かしてきた。互いの性器が苛烈にぶつかり擦れ合い、途方もないほどの法悦がこみ上げる。

皐月の顔は酷い淫らさだ。整った眉は切なく歪み、瞳は悲しくも無いはずなのに涙を流す。叫び続ける唇は開いたままで、涎どころか舌までだらしなく垂らしていた。

（皐月さんっ、おま×こからもっとおかしくしますからっ！）

今日一番の力をもって、強烈に腰を叩きつける。

バシンッ、と肉同士がぶつかる音が響き、亀頭が一番奥の淫膜にめり込んだ。

瞬間、牡欲は沸点を一気に超える。猛烈な勢いで灼熱の白濁マグマが噴き上がる。

「んひっ、あ、ああっ！　くぅ、ぅっんっ、──っ！」

皐月は背中が折れそうなほどに身体を反らして全身を硬直させる。悲鳴はもう声になっていなかった。限界まで弓なりにした状態でビクビクと何度も打ち震える。

（ああ、すごい出ている……三度目だっていうのに、どうしてこんなに……っ）

自分で自分の下半身が理解できなかった。まるで今日初めての射精かと錯覚するような圧倒的な射精感だ。皐月の膣奥に力いっぱい亀頭を押しつけて、慎也もそのまま硬直する。

いったいいつまでそうしていただろうか。時間の感覚さえあやふやな中、二人はようやく身体を脱力させる。

「はぁ、ぁっ、はぁ、ぁ……かはっ、ぁ……あぁ……」

皐月は狂ったように激しい息継ぎを繰り返す。双眸はほとんど白目の状態で、何も映していないように思えた。絶頂の凄まじさを表すように、彼女の身体のあちこちが不規則に痙攣している。

「皐月さん、大丈夫ですか……すみません、やり過ぎました……」

正気に戻った慎也は自分のしでかしたことに戦慄した。理由はどうあれ、再び彼女に膣内射精し、自分勝手に獣欲を暴走させてしまったのだ。

だが、皐月は力なく首を振ると、慎也の頭を引き寄せる。

そのまま唇を繋げると、ねっとりと舌を差し入れ絡ませてきた。

「んあ、ぁ……とても素敵だった……嬉しいよ……慎也くんに壊してもらえて……はあ、ぁ……好きぃ……」

皐月の唾液はとても熱く、濃厚な甘さを感じさせた。獣欲の過ぎ去った身体には、あまりにも優しい癒やしである。このままずっと口づけしていたいとすら思う。

皐月と不貞の愛で強くつながり続ける慎也だったが、その横で愛欲を燃やし滾らせる存在には気づいていなかった。

8

「お義兄さん……私……ああ、私……っ」

傍らにいた紫苑が切迫した様子で言ってきた。

ぼんやりとした視界で彼女を見る。床に女の子座りをしている紫苑は、もう全身から発情を漲らせていた。

「し、紫苑ちゃん……？」

「見てるだけじゃもう無理……一人で弄るだけなんて耐えられない……っ」

鎖骨まで真っ赤になった肌からは、紫苑特有の芳香が濃厚だった。下半身は絶えず揺れ動き、よくよく見ると、床に陰唇を擦りつけている。

「慎也さん……このままじゃ紫苑がかわいそうです」

いつの間にか回復した弥生が、紫苑を後ろから優しく抱きしめる。その手が愛娘の身体をゆっくりと撫でていた。

「母親として、こんなにも辛そうな娘は見続けられません。お願いです……この子にも、慎也さんの愛を与えてあげてください」

弥生の言葉に呆然とする。本来ならば、母親として口にして良い言葉では無いはずだ。

「い、いやっ……さすがに今すぐは……というか、紫苑ちゃんまでみんなの目の前でなんて……」

「今さら……何言ってるのよ」

皐月が弱々しい声で言ってきた。疲弊した身体を何とか起こし、淫華からゆっくりと肉棒を抜き取る。

「まさか……私やお母さんにはして、紫苑にはしないなんて言うつもりじゃないでしょうね？　そんなこと……私は認めないんだから……っ」

絶頂の余韻からは回復していないものの、皐月の表情には有無を言わさぬ迫力があった。慎也はビクリと肩を震わせて怖じ気づく。

「だって……弥生さんと皐月さんと立て続けで……さすがにこれ以上は……うぐっ！」

三度目の射精を終えたばかりの肉棒を強い力で摑まれた。絡みつく淫液がグチュリと淫猥な音を立てる。

「若いくせに何を言ってるの。紫苑の姉として、あの子をないがしろにするのは絶対に許さないわ。それに……ふふっ」

皐月の手筒がゆっくりと前後に動く。過敏なペニスはそれだけで、全身を震わせるほどの刺激を感じてしまう。

だが、同時に違和感も覚えていた。慎也は自らの股間を見下ろし、その光景に絶句する。

（な、なんで……なんで勃起したままなんだっ？）

信じられない姿だった。自らの肉棒は、白濁化した淫液にまみれながら隆々とそびえ立っている。肉幹の太さも亀頭の肥大ぶりも、まるで射精などなかったかのようだった。

「こぉんなに立派な状態なんだから……ふふっ、もしかしたらおち×ちんもおかしくなったんじゃない？」

皐月は淫靡な微笑みを浮かべつつ、執拗に肉棒を撫で回してきた。

彼女の言うとおりなのかもしれない。立て続けにセックスをし、特に皐月には気が狂ったかのように強烈なピストンを繰り返した。そのときに自分の中で何かが本当に狂ってしまったのではないか。

「ま、それならそれで仕方がないでしょ。ほら、紫苑の様子を見てごらんなさい？」

皐月に言われるままに紫苑を見る。

彼女の瞳はとっくに濡れて、瞬きもせずに反り返りを見つめていた。唇は半開きになり、はぁはぁと熱い吐息を途切れること無く繰り返している。

「紫苑……あなたからも慎也さんにお願いして。自分自身で興奮させてあげなさい？」

母性の滲む声色で弥生が優しく囁いた。それに紫苑は静かに頷く。

彼女は四つん這いになって、ゆっくりと慎也に近づいてくる。その様子は催眠や洗脳を施されたかのようにふらふらとしていた。

「し、紫苑ちゃん……」

「お義兄さんのおち×ちん……はぁ、ぁ……すごい……」

皐月が手を離したのと入れ替わりに紫苑の唇が竿に触れた。そのまま舌を露出してねっとりと舐めてくる。

(そんな情感たっぷりに舐めてきて……ああ、ダメだ……感じてしまう……っ)

側面から触れてきた舌粘膜はゆっくりと肉幹を這い回り、張り詰めた亀頭を舐め回す。雁首を舌先で丁寧に舐めてから、裏筋を這っていき、ついには陰嚢を口に含んで優しく舌の上で転がした。

「あぁ……紫苑ちゃん、この前よりもずっと上手だ……うぅ……」

「あの後で……またいろいろと調べたから……」

そう言って見上げてくる彼女は、どこか満たされたように微笑んでいた。肉棒越しに見る紫苑の柔らかい表情は、あまりにも破壊力がすさまじい。たまらず、無意識に肉棒をビンッと跳ね上げてしまう。

「あうっ……すごく元気だね……」

ペニスが紫苑の頬をパチンと叩いたが、それにすら彼女は嬉しそうに顔を綻ばせる。

やがて、肉棒をそっと掴むと亀頭からゆっくりと飲み込んできた。姉とはいえ他の女の愛液がたっぷりと付着しているのに、まったく躊躇する様子がない。

(うあ、ぁ……紫苑ちゃんの口、めちゃくちゃ熱くてトロトロだ……っ)

口腔内は発情の熱ですっかり蕩けていて、粘膜が勃起に吸い付いては絡みつく。それだけでも途方も無いほどの心地よさだった。

「んんっ……ふぅ、っ……んぐぅ、ぅ」

紫苑は根本まで頬張ると、ゆっくりと顔を前後に揺する。しっかりと咥え込み、自らの粘膜と唇とで肉棒を清めていた。

(つい最近まで処女だったのに……本当に成長が早いというか貪欲というか……)

先日よりも遥かに技量の上回るフェラチオに、慎也はたまらず呻いてしまう。

「ふふっ、紫苑ったら上手じゃないの。私よりも上手いんじゃない」

「慎也さんに気持ちよくなってもらいたいものね。慎也さん、とっても喜んでいるわよ？」

年長の二人がそれぞれに紫苑を褒めては励ましていた。

互いに肌を晒してセックスを見せ合うなど、倫理的には間違っているし狂っているであろう。

だが、彼女たちの間には、極めて深くて強い家族愛が間違いなく存在した。相互セックスはそれの何よりもの証明なのだ。

それは二十歳にも達していない紫苑も理解しているらしい。

彼女はしゃぶりながら「うん」と二人に返事をすると、顔の上げ下げを一気に速めた。

「ううっ……紫苑ちゃん、激しいよ……ああっ」

三度も精を放った肉棒には、彼女の口淫は愉悦が鋭い。小さな口の中で何度も大きく跳ね上がってしまう。

「んんっ、んぐっ……んふぅっ」

しかし、紫苑は離れない。慎也の腰にがっしりとしがみつき、表情を歪めながらも肉棒に食らいつく。それは一種の執念であるかのように思われた。

「うふふ……紫苑が好きな人のために一生懸命になっている姿、とっても素敵よ？」

弥生はそう言うと、なんと紫苑のブラジャーに手をかけた。背中のホックを外して肩からストラップを滑らせる。

「あらら……かわいいおっぱいしてるじゃないの……乳首もこんなに大きくして」

皐月がニヤニヤしながら慎ましい白い乳房に手を伸ばす。

瞬間、紫苑の肩がピクンと跳ねた。

「ああ、柔らかいのにぷにぷにしてる……若いって羨ましいわぁ……」

皐月はそのまま紫苑の乳房を優しく揉むと、ついには頂点で膨らむ乳芽を摘まむ。

「んふっ！　んっ、んぁ……んぐぅ、っ……」

今度は白い身体全体がビクンと震え、唇の動きが止まってしまう。

そんな彼女に、今度は母親の弥生が声をかける。

「ダメよ、紫苑？　おっぱい気持ちいいのはわかるけど……ちゃんとこうやって……」

弥生の手が紫苑の艶やかな頭に乗る。そして、そのまま肉棒の方へと押し込んだ。

紫苑としても、そんなことをされるとは思わなかったのだろう。彼女は目を大きく見開くと、くぐもった悲鳴を響かせた。

「や、弥生さんっ、さすがにそれは……ううっ」

母娘として本来ならばあり得ない行為に口を挟もうとするも、紫苑の喉奥が亀頭に擦れて感じてしまう。

「慎也さんは感じているだけでいいんですよ。これは私なりの、紫苑への愛なんですから」

母性の中に妖艶さを漂わせて弥生が言う。

(愛って……いったいこの家族はどうなってるんだよっ?)

弥生はなおも紫苑の頭を摑んでは、半ば強制的に前後に揺らす。

紫苑の両目には涙が浮かび、ついにはいくつかの滴《しずく》が頰を流れていた。

口端からはとろみのつよい唾液をこぼし、慎也の下腹部とその真下の絨毯《じゅうたん》を汚している。

「慎也くん、どう？　普段はおとなしい紫苑が、こんなにも涎をだらだらこぼして、おち×ちんしゃぶってる姿は？　とってもかわいいしエッチだよねぇ」

皐月が甘ったるい声で言ってきた。妹の乳頭を摘まんでは転がし、たまには押し潰している。

「そりゃエッチでかわいいけれど……でも、かわいそうですよ。こんな無理矢理なんて」

「んんっ……んあっ……私は……大丈夫……」

弥生の手が離れて、ようやく紫苑が肉棒を吐き出した。口の周りをベトベトにしつつ、熱い呼吸を繰り返す。

彼女は口を拭うこともせず、ゆっくりと立ち上がる。華奢な身体はじっとりと汗ばんでいた。

「お義兄さん……見て……私のいやらしいアソコを……」

脚を開いて、クッと股間を突き出した。

少女趣味のパンツは、クロッチ部分がぐっしょりと濡れている。

（紫苑ちゃん……こ、こんなに……）

他の二人と違って、紫苑のパンツはそれなりに厚みのある生地だった。にも関わらず、表面にまでヌルッとした液体が広がっている。

むわりと漂ってくる香りは甘酸っぱい。それは紫苑の淫華から放たれる芳香だった。

羞恥と発情と愛欲とが、無口な乙女を淫らな牝へと変えている。慎也はもう何も言えなかった。

「はぁ、ぁ……あぁ……もう、脱いじゃうから……はぁ、ぅ……」

白いパンツの両脇に指を挿し込み、紫苑がゆっくりと薄布を滑り落としていく。

淡い滲みを描くデルタが現れて、クロッチが陰部と離れていく。その間には銀色の糸が何本か引かれていた。

「あぁ……お義兄さん……私のここも……いっぱい愛して……？」

パンツを足下へと落下させてから、紫苑が淫華に両手を添えた。そのまま左右に開いてしまう。

（ああっ……なんて濡れ具合なんだ……すごくヒクヒクしてる……っ）

男を知って間もない淫膜は、鮮やかなピンク色を湛えて瑞々しい。それが呼吸をするかのように忙《せわ》しなく脈動していた。

蜜壺の入り口はもちろん、その周りまで大量のシロップにまみれている。濡れていると言うよりは、覆われていると言ったほうがいいかもしれない。

「し、紫苑ちゃん……すごいよ……こんなに紫苑ちゃんがエッチになるなんて……」

「だって……お義兄さんが相手だから……身体が……止まらないの……」

全身から発情の熱を漂わせ、紫苑がそっと慎也の肩に手を置いた。

続けて下半身を跨いでくる。彼女の身体がゆっくりと降下してきた。

「ちょうだい……もう……これ以上我慢できない……耐えられないから……」

幼さの残る姫口が張り詰めた先端と密着する。

紫苑の身体に硬さが走った。一瞬、呼吸が止まったのがわかる。

しかし、彼女は白い歯を嚙み合わせると、半ば強引に自らの股間を押し込んできた。

「うあ、あぁぁ……大きい……う、うぐぅ……はあ、ぁんっ！」

ギュッと目を閉じて悲鳴じみた歓喜を叫ぶ。

肉棒はまだ半分ほどが残っていた。しかし、小さな姫割れはすでに限界まで押し広げられていて、これ以上を受け入れられそうに無い。

(やっぱりある程度、指とかで解《ほぐ》さないと無理だよな……)

一度、抜いた方がいいのではないか。慎也はそう思って腰を引く。

「ダ、メ……っ……抜かない……で……っ」

慎也の動きを察知して、紫苑が必死にすがりついてきた。

「でも……紫苑ちゃん、これ以上は」

「お義兄さんから入れて……私に……一気に突き入れて……っ」

涙に濡れた双眸を輝かせて懇願してくる。

一瞬だけ戸惑った。彼女の願い通りに剛直をぶち込んで、中が切れたりしないとは言い切れない。

しかし、向けられる視線は本気のものだ。それを無碍にするなどできやしない。

「紫苑ちゃん……力を抜いて」

慎也の言葉に、彼女は震えながらもゆっくり息を吐いていく。

不自然に強張っていた身体が徐々に緩んできた。強烈だった膣膜の締め付けも若干柔らかくなる。

その隙を突いて、慎也は勃起を突き上げた。

「ひぎっ！　あ、ああっ！」

紫苑が背中を反らして目を白黒させる。強烈な刺激に再び身体は硬直していた。

しかし、既に肉棒は根本まで埋まっている。慎也と紫苑はできうる限りの深さで繋がった。

「ふふっ……紫苑のおま×こ、こんなにパンパンにして……」

皐月がうっとりした表情を浮かべて、結合部を覗いてくる。先ほど盛大に果てたはずだというのに、彼女の顔には既に発情の色が濃い。

「あの紫苑が慎也さんとこんなに繋がって……なんだか不思議な感じですね……」

そう呟く弥生にも、母性とは別の邪《よこしま》な感情がにじみ出ていた。頬は濃いピンク色に染まって、普段は優し気な瞳は淫欲にまみれたそれになっている。重そうに揺れる蜜乳の頂点では、大きめの乳首が弾けそうなぐらいに膨らんでいた。

「あ、ああ……奥にすごく当たって……う、うくっ……」

「紫苑ちゃん、無理しなくても……ううっ」

慎也の気遣いは紫苑の動きで封じられた。

細い腰がゆっくりと前後に動き始める。膣奥に亀頭がめり込んだ状態で動いては、快楽以上に苦痛が強いはずだ。

しかし、彼女は往復するのをやめようとはしない。

「あ、ああっ……ゴリゴリして……う、うあ、あっ……」

顔をくしゃくしゃにしながら、うわ言のように呟いていた。

「いきなり動いたら辛いでしょ。まずは馴染ませるまで待たないと……」

慎也は彼女の腰に手を添えて、止まるように促《うなが》した。

しかし、紫苑は首を振り、制止するどころか腰の動きを速めてしまう。

「ヤダ……お義兄さんのおち×ちん、もっと感じたい……苦しくても痛くてもいいの……私のアソコに……お義兄さんを染み込ませないと……はあ、あっ」

結合部のわずかな隙間から紫苑の愛液がにじみ出る。彼女の動きによって攪拌されたそれは、グチュグチュと下品な水音を響かせて、細かく泡立ち白濁化していた。

紫苑特有の甘酸っぱい香りが濃厚になり、室内の空気をさらに淫靡なものへと変えていく。弥生とも皐月とも違う淫猥さに、慎也の淫欲は引き出され、徐々に牡の炎は大きくなっていた。

(こんな僕なんかに対して、どうしてこの子はこんなに健気なんだ……ああ、可愛すぎる……っ)

彼女の卑猥さは快楽を求めるが故のものではない。慎也を異性として欲するからのものである。

その事実が、慎也の心をかき乱す。柑奈と全く同じ血の流れる義妹からの熱烈な求愛に、冷静でいられるはずがない。

「紫苑ちゃん、本当に大丈夫なんだね？」

彼女の背中に手を添えて、のぞき込むようにして紫苑を見る。

紫苑はコクリと頷いた。白くて細い腕が慎也の首に絡みつく。

(ここまで求められて……無碍になんかできるわけない！)

グッと紫苑を抱き寄せて、同時に肉棒を突き上げる。

彼女の身体が激しく跳ねたが、それをしっかりと押さえ込む。そのまま何度も肉杭を打ち込んだ。

「はぁ、ぁっ！　ああっ……お義兄さんが……ああっ、いっぱい来てる……！」

苦しさよりも求められる幸福が上回っているのか、皐月は甲高い声を響かせながら、陶酔したような表情を浮かべていた。

ボブカットの黒い髪が慎也の打ち上げに合わせて宙を舞う。額や首筋は汗で濡れ、そこに頭髪が貼り付く様が淫靡なことこの上ない。ますます牡欲が燃えさかってしまう。

「慎也くんも紫苑も一生懸命になって……はぁ、ぁ……見てるだけで感じちゃう……」

「二人とも素敵です……ああ、もっと見せて……」

繋がる二人の傍らでは、皐月と弥生が発情の吐息を漏らしながら見つめている。

彼女たちの目の前で最愛の家族とセックスをするという異常性に、慎也は自分の感覚が確実に狂いつつあることを自覚した。

9

威力を増す一方の慎也に、紫苑はすっかり耽溺していた。

挿入直後の苦痛は完全に消え失せて、今、自分にこみ上げているのは圧倒的な幸福感だ。

（お義兄さんが私に本気になってくれている……私なんかのために、必死になってくれている……っ）

普段は無表情で口数も少ない自分だが、それは自分に自信が無いからに他ならない。自分以外の家族は皆、女として溢れんばかりの魅力を持っている。にもかかわらず、血が繋がっているはずの自分は、なぜこうも劣っているのかと悩みながら生きてきた。

（私はおっぱいも大きくないし、感情だって上手く表せない。女としても、人間としても欠陥品《けっかんひん》なんだと思っていた……）

そんな凝《こ》り固まった劣等感を打ち砕いてくれたのが慎也である。

彼は自分に女を見いだし求めてくれている。自分を牝だと認識し、子種を注ぐべき相手だと思ってくれているのだ。

そんな動物的な欲求が、紫苑には何よりも嬉しかった。

（お姉ちゃんに悪いのはわかっているけど、私ももう止まれない……本当の自分をさらけ出すには、お義兄さんが相手じゃなきゃダメなのっ、無理なのっ）

「お義兄さんっ、ああっ、キスしてっ……私の口を貪ってっ」

紫苑が懇願するや否や、慎也は唇を重ねて舌を挿し入れてくる。

すぐに紫苑も反応して、荒々しく濃厚に絡ませた。無意識に唾液を流し込むと、二人でそれを攪拌し合う。

(ああ、とっても下品ではしたないのに……幸せで仕方がないの……お義兄さんにだったら、私のすべてを晒してあげられる)

普段は隠している淫性が火を噴いて、紫苑の肉体を突き動かしていく。

汗でぬめる慎也の身体にしがみつき、自ら淫膜を押しつける。勃起に抉られ潰されるように調整しながら、はしたない淫女としての振る舞いに没頭する。

「ううっ、めちゃくちゃ気持ちいい……すごいよ、紫苑ちゃん……っ」

「お義兄さんだからだよっ。お義兄さんだから私……あ、ああっ、ダメっ、そこダメぇ！」

限界まで広がった肉傘が紫苑の特に敏感な部分を抉ってきた。脳天に電流が走り抜け、目の前がチカチカし始めてしまう。

「ここかい？　ここがいいんだねっ？」

慎也はすぐにポイントを把握すると、そこを集中的に攻めてきた。

全身の肌がゾワリと粟立ち、四肢が不規則に震え始める。

(ああっ、ダメっ！　そんなにされたらもう……ああっ、イくっ！)

「お義兄さんっ！　あ、あぐぅっ！　イくっ……はああっ、イくぅ！」

おとがいを天井に向け、部屋中に嬌声を響かせた。

頭の中がフラッシュし、目の前が真っ白に覆われる。

「紫苑……そんな激しいイき方をするのね……いつもの姿からは想像できない……」

紫苑の激しい反応に、皐月はぽかんと口を開けていた。

一方で母親である弥生は満足そうな微笑みを浮かべている。

「あらぁ……イく姿も可愛くてとってもエッチ……これが本当の紫苑なのね」

(そうだよ……これが本当の私……お母さんやお姉ちゃんに負けず劣らず、お義兄さん相手ならどこまでもいやらしくて下品になっちゃうのが……本当の私の姿なの)

絶頂の余韻に浸りつつ、自らの卑猥さに耽溺した。愛する男に身体を差し出し、その肉体を余すことなく貪られる。女としてこれほどまでの至福を紫苑は他に知らない。

「うぐぅ……紫苑ちゃんの中、ものすごく締まってくる……っ」

慎也の肉棒が蜜壺の中でビクビクと忙《せわ》しなく脈動している。その度に媚肉を圧迫されて、法悦がこみ上げた。

「気持ち良くて……勝手に……ああ、ダメっ、そんなにビクビクされたら……はぁ、あっ、うぅん！」

膣膜を叩かれる多幸感が積りに積り、下り始めていた絶頂の感覚が隆起した。

腰の戦慄きを止められず、再び最深部を擦りつけてしまう。果てたばかりの蜜膜があっという間に上り詰めてしまう。

「イくっ、ああ、またイっちゃう……はあ、ぁっ、ああぁっ、うあ、ああっ！」

牝の本能がペニスとの接合部に全体重をかけさせた。圧倒的な喜悦が全身を走り抜ける。

背中を限界までしならせて、甲高い牝鳴きを響かせてしまう。真っ白な身体は桜色に上気して、汗の雫を纏《まと》っていた。

「ああっ、紫苑ちゃんっ……あれ、これは……」

紫苑をしっかりと支えていた慎也が、結合部に視線を落としていた。呆気《あっけ》に取られていた弥生と皐月も脇から覗き込んでくる。

「あらら……紫苑ったら、こんなことまで……」

「やっぱりこの子、私たちよりもエッチな身体しているのかもね……ふふっ」

ぼんやりした意識の中で、紫苑もようやく自らの股間に視線を向けた。

そこに広がっていた光景に、声にならない悲鳴を漏らす。

(嘘……なにこれ……私、おしっこ漏らしたの……？)

愛液や汗ではありえない大量の液体が、慎也と自身との間に溜まっていた。溜まっていたのは一部であって、大半の液体は真下の絨毯に広がってしまっている。

「紫苑ちゃん、潮を噴いたんだね……ああ、すごい量だ……」

慎也の言葉にハッとした。自分も潮噴きという現象は知ってはいたが、まさかそれが自分の身に起こるとは想像したことすらない。

身体を晒したり行為を見られることとは違う羞恥に襲われた。無意識に潮を噴くというのは、こんなにも恥ずかしいことなのか。

しかし、慎也はもちろんのこと、この場にいる全員がそれを責めたり蔑《さげす》む素振りはない。むしろ、興味と好意のまなざしを向けてきた。

(恥ずかしいけど……みんなが……お義兄さんが悦んでくれるなら……)

淫らさを極めた紫苑は、半ば放心状態で顔を綻ばせた。

10

紫苑の普段とはかけ離れた痴態に、慎也の興奮は沸騰していた。

(こんなに小柄で可愛らしいのに……なんてエッチな女の子なんだっ)

愛液と潮にまみれた肉棒は、力強い脈動を繰り返している。

膣膜を圧迫するたびに「あうんっ」と甘い声を漏らすのもたまらない。

肌理の細かいすべすべの白肌はおびただしい汗に濡れてぬめっているが、その感覚が煩悩を刺激する。彼女からは甘酸っぱくて爽やかな香りが濃厚で、嗅覚でも慎也を刺激していた。

（本当は優しく慈しむべきなのに……ダメだっ、自分を抑えられないっ）

幼さを残す紫苑に獣欲が火を噴いた。欲望の箍《たが》が外れた今となっては、自制などできるはずもない。

一度、肉棒を抜き取った。潮と愛液の混合液がバチャリとこぼれて、絨毯に淫らな染みを大きく描く。

剛直の太さでぽっかりと空いた紫苑の姫口は、名残《なご》り惜しむかのようにヒクヒクと蠢《うごめ》いていた。収斂するたびにクチュクチュと淫猥な音色を奏でている。

「はぁ、ぁ……あぁ……お義兄さん、どうして……？」

結合を解かれた紫苑が、切なそうな顔で呟いてくる。さらなる挿入を求めて、腰が卑猥に動いていた。

「まだ止めないよ。今度はこうするんだ」

慎也は彼女の身体を摑むと、くるりと身体を反転させる。四つん這いの状態から尻を高く突き出させた。

「ああ、この格好は……っ」

姫割れのみならず菊門まで丸出しになって、紫苑の顔が羞恥に染まる。

小ぶりな尻は染み一つなく、まるで陶器を思わせた。汗と潮で濡れた曲面の照り返しが生々しい。

そして、恥じらいながらも臀部は慎也を誘っている。緩慢に揺れ動き、膣膜はもちろんのこと、窄まりまでもがヒクヒクと脈動していた。

「ああ、本当にいやらしい……いやらしくて、最高に素敵だよっ」

亀頭を姫割れにあてがった刹那、一気に腰を叩きつけた。

瞬時に肉棒は蜜壺へと滑り込み、バシンッと尻肉を強かに叩《たた》く。

「ひぎぃ、ぃっ！　あ、あぐっ、ぅ……はぁ、ぁ……！」

よほど強い衝撃だったのか、紫苑の上半身が跳ね上がる。背中を反らした状態でピクピクと痙攣していた。

(ああ、おま×この締め付けがものすごい……紫苑ちゃん、入れただけでイったんだな)

こんなにも簡単に果てるとは。その敏感さと快楽への素直さは、淫乱とも言うべき姿である。

　慎也はゆっくりと肉棒を引き、肉幹の中腹までを露出させる。そして、すぐに先端を叩きつけた。

「あはぁ、あっ！　すごい……すごいよぉ！　ああ、こんなのダメぇ！」

「紫苑ちゃんもみんなと同じで狂っちゃえばいいんだよ。僕のチ×コで何度でもイって、おま×こから壊れちゃえばいいんだっ」

　暴走する獣欲に従って、腰の前後運動を速めていく。膣奥を抉る動作はそのままに、一瞬たりとて止まらぬように、紫苑の膣洞を掘削した。

　剛直を出し入れするたびに、ねっとりとした白濁の牝蜜がこぼれ出る。むせ返るような淫臭を放つそれは、掻き出されるたびに周囲へと広がって、やがて真下へと落下した。

（気持ちいい……本当に気持ちいい……っ。こんなの僕まで壊れてしまうっ）

　肉体の疲労はとっくに限界を迎えている。なのに、牝を求める腰遣いにはまったく衰えが見られなかった。むしろ、さらに加速し続けている。

　全身からは滝のように汗が滴り、紫苑の背中や臀部に飛び散り、それが彼女の肌を焦がしている。

「ひぅ、んっ！　はぁ、ぁああ！　イくイくっ！　あああっ、止まらないよぉ！　イくの止まらないの……あぐぅ、っ、またイくぅううっ！」

牡欲にマウントされて乱暴なまでに貪られる紫苑は、完全に狂ってしまっていた。肉棒の頭を激しく振り乱し、手をつく絨毯に思い切り爪を立てては引っ掻いている。肉棒の突き入れに合わせて自分からも尻を叩きつけ、濡れた打擲音を響かせていた。

「紫苑ったら本当にすごいのね……自分の娘がこんなにも淫乱だったなんて」

「舌を垂らして涎もトロトロこぼしちゃって……ほら、紫苑……あっちに顔を向けてごらん」

皐月が紫苑の顔を覗いたかと思うと、顎に指をかけて正面を向けさせる。

そこで慎也は初めて気づいた。紫苑を貫く先にある、和室の襖が不自然に若干開いている。

隙間の先は真っ暗だが、何かがちらちらと動いているような気がした。

得体の知れない恐怖を感じる。何かとんでもないものがそこにはある気がした。

(でも……ああっ、ダメだっ。僕ももう限界だっ)

不安は、せり上がる射精欲求に押し流される。

高速で出し入れする肉棒が、射精の予兆でたくましく跳ね上がる。

もう我慢ができなかった。

「紫苑ちゃんっ、出すからね……ああ、イくっ、中に出すよっ」

「ああっ！　イってぇ！　出してっ、私に出してっ！　ごめんなさいっ、お姉ちゃん許してぇ！」

紫苑が悲痛に鳴き叫ぶ。汗まみれの白い裸体が激しく戦慄き硬直した。

同時に汗でにじんだ視界の先で、正面の襖がガタッと揺れる。

確実な人の気配に戦慄するが、もう射精は止められなかった。

「うぐっ、ううっ！」

うめき声とともに剛直で膣奥を貫いた。瞬間、暴流のごとく白濁液が流れ散る。

「うあ、あっ、イく、っ……お義兄さんの精子で……あ、ああっ、ぐぅん！」

全身の筋肉を硬直させて、小刻みに震えを繰り返す。大量の汗の雫を滴らせた紫苑は、喉が詰まっているのか呼吸すら満足にできない様子だった。

お互いに深く強く結合しながら、絶頂の波に飲まれ続ける。四度目とは思えぬたっぷりの精液を義妹に放ち、肉棒は最後の一滴まで紫苑の中に注ごうとした。

やがて、紫苑の身体から力が抜けて、うつぶせの状態に崩れ落ちる。瞳はうつろで光を宿していない。半開きの唇からは過呼吸かと思うほどに激しい吐息を繰り返し、涎がこぼれていることすら気づいていない様子だった。

「はぁ、っ……はぁ、ぁ……紫苑ちゃん……」

肩で息をする慎也は痙攣する義妹を見下ろした。紫苑と自分の間にあるのは、精液を放ったばかりの肉棒だ。どういうわけか、未だに呆れるほどの反り返りを維持している。

(本当に……僕の身体がおかしくなってしまったのかもな……)

勃起はしているとはいえ、これ以上のセックスなど不可能だ。体力はとっくに限界を超えている。

慎也は深く息を吐くと、ゆるゆるとその場に腰を下ろす。紫苑を介抱する余裕はなかった。

が、そんな中、襖の奥から声が聞こえてきた。

「うあ、ぁ……ダメっ……あ、あっ、ああっ……イくっ、イくぅ……ひぅ、んっ!」

淫らな女の声だった。絶頂を迎えて切迫した牝鳴きは、慎也にとってあまりにもなじみ深いものだった。

(え……う、嘘だろ……だって、まだ今日は帰ってこないって……)

恐怖や緊張、罪悪感に後悔とあらゆる感情が慎也の脳内を駆け巡る。今まで経験したことのないすさまじい混乱に、慎也は指一本動かせない。
嬌声が止んで、室内は水を打ったように静かになった。
慎也の耳に聞こえるのは、自身の重く激しい脈拍だけだ。
やがて、かすかに開いていた襖がゆっくりと横に滑り始める。
暗闇から女の姿が現れた。最悪の予想が的中し、慎也は息をのむ。
そこにいたのは紛れもなく自分の妻、柑奈だった。

第五章　さらけ出された妻の本性

1

「その……えっと……」

目の前に現れた妻に、慎也はまともに言葉が出てこなかった。

どうやら出張先から帰ってきたばかりらしい。彼女の姿はよく見るいつものスーツ姿だ。

いったい何を言えばいいのだろうか。謝ろうにも、果たして何から謝ればいいのか。

（全部見ていたんだよな……三人とセックスしているところをずっと……）

最悪の事実に目の前が真っ暗になる。

引っぱたかれて当然、場合によっては刺されても文句は言えない。

自分の犯した罪の深さを今更ながらに感じるが、取返しなどつくはずがない。

(でも、ちょっと待てよ……なんで、柑奈は襖の裏からあんな声を出していたんだ……？)

冷静に考えると不思議なことだった。普通ならば、不貞行為を始めた途端《とたん》に襖を蹴破って怒鳴りつけてきそうなものだ。

そして、もう一つの疑問は彼女の格好だ。いつものキャリアウーマン然としたスーツが妙に乱れてしまっている。ブラウスもブラジャーが覗けるほどまで開襟し、ストッキングは所々が伝線していた。

「ねぇ、慎くん……」

理解ができずに混乱していると、柑奈が名前を呼んできた。

その声色もよくわからない。男に媚びる甘さが多分に含まれていた。

「な、なに……うわっ！」

伏せていた顔を上げた刹那、正面から衝撃を受けてしまう。

気づくと仰向けに押し倒されていた。シーリングライトの明かりを遮《さえぎ》るように、柑奈が見下ろしている。その顔は恐ろしいほどに蕩けていた。

「慎くん、すごぉい……あんなに……ああ、あんなに激しくみんなを犯すだなんて」

「え……柑奈、いったいどういうことなの……だって僕は……んぐっ」

言葉は彼女からの口づけで塞がれた。グロスで艶めかしく光る唇は瑞々しくて心地良い。今まで数えきれぬほど交わしているせいなのか、妙に慎也の唇に馴染んでいる気がする。

だが、妻からのキスはそれだけでは終わらない。柑奈はすぐに舌をねじ込んできた。たっぷりの唾液を絡めたそれが、いきなり荒々しく動き回る。

「んんっ、んぐっ……柑奈、いったいどうして……んんっ」

彼女は疑問を口にすることも許さなかった。慎也の顔を両手で挟んで固定すると、舌を思い切り伸ばして、喉の奥まで舐めようとしてくる。

(なんなんだっ。こんな柑奈、今まで一度として無かったぞ。何がどうなっているんだっ?)

驚きの連続でフリーズする慎也を無視するように、柑奈はなおも口唇の結合を求めてくる。

舌全体で絡んできては、口腔内で舐められるところのすべてを貪欲に欲してきた。口の周りが唾液で汚れることも厭《いと》わない。むしろ、さらにベトベトにしてやろうという気迫のようなものすら感じてしまう。

「慎くん……はぁ、ぁ……私の慎くんなのにぃ……悔しくて悲しいのに……あぁっ」

「ま、待って……待ってくれっ。僕には何がなんだかさっぱりで……っ」

慎也は彼女の肩を摑んで、力づくで柑奈を離した。

柑奈は首まで真っ赤に上気している。しまうことを忘れたのか、柔らかい舌がだらしなく垂れ下がる。左右に均等な大きな瞳が切なそうに歪んでいた。

「柑奈、いい加減に慎也さんに全部教えてあげたらどうかしら？」

いつもの優しい微笑みを浮かべた弥生が、そんなことを言ってくる。

傍らに居た皐月もわかっているのか、うんうんと頷いていた。

「教えるって……な、何を……？」

「慎くん……ごめんね、怒っちゃうかもしれないけれど……」

発情した瞳で見下ろしながら、柑奈が柔らかい黒髪をかき上げる。ふわりといつもの彼女の香りがした。

「あのね……全部、私が計画したことなの。私がお母さんにお姉ちゃん、紫苑にお願いしたことだったたんだ」

「……へっ？」

いったい何を言っているのか理解ができなかった。理解しろというほうが無理である。

（全部、柑奈が考えたこと？　僕が弥生さんに皐月さん、紫苑ちゃんとセックスしまくるのを計画した？　なんで？　どう考えてもおかしいだろ？　だって、自分の夫が家族と浮気されていいだなんて、そんなことって……）

「それじゃあ説明になっていないでしょ。全部しっかりと教えてあげなきゃ、慎也くんがかわいそうじゃないの」

今度は皐月が言葉を発した。未だ倒れている紫苑の頭を優しく撫でつつ、浮かべている表情はどこか楽しそうだ。

それに柑奈は頷くと、再びこちらを見下ろしてくる。視線の粘度が急速に増していた。

「慎くん、嫌われることを覚悟で言うね……私、慎くんが他の人とエッチしているのが、たまらなく興奮するの。寝取られるのが、どうしようもないほどにゾクゾクするの……っ」

衝撃的な告白をしつつも、柑奈の吐息は乱れ続ける。今まで秘めていた性癖を暴露するだけで、官能が刺激されているらしかった。

（寝取られるのが性癖って……確かに世の中に、そんな性癖の人がいるのは知っていたけど……）

まさか自分の妻がそれに該当していたとは思いもしない。慎也は呆気にとられてしまった。

禁断の性癖を暴露したことで余裕が生まれたのか、柑奈の口が饒舌《じょうぜつ》になる。彼女は次々と真実を語り始めた。

「ずっと妄想していたの。慎くんが私以外の女の人とセックスを……できる限り激しくて濃厚なセックスをしたならば、どこまで私は嫉妬と興奮で狂っちゃうんだろうって。そんな欲求をもう自分一人じゃ抱えきれなくなって……それで、お姉ちゃんに相談したんだ」

「いやぁ、さすがに私も初めて言われた時はびっくりしたよ。でも……相手が慎也くんならいいかな、って思ってさぁ」

皐月はいつもと変わらない様子で世間話でもするかのように笑う。

「それでね……お姉ちゃんに言われたの。どうせなら、お母さんと紫苑も混ぜて、みんなで私の性癖を実現しようって……お母さんに紫苑……特に紫苑は慎くんが好きだってわかってたから」

横たわる紫苑は幾分、絶頂から戻ってきたらしい。瞳は相変わらずぼんやりしているが、柑奈の言葉に聞き耳を立てているのがわかる。

「私も……今までいろいろと我慢してきたことがありましたし、かわいい娘の願いなら、実現させてあげるのも親の務めではないかと」

弥生が柔らかい微笑みを浮かべながら言ってくる。

しかし、彼女は一拍置くと、急に妖艶な顔立ちになって言葉を続けた。

「……ふふっ、もっともらしいこと言いましたけど、結局は私も慎也さんとならいいかなって……むしろ、私が慎也さんとしたいなって思ったからなんですけどね」

それぞれの言葉を聞いても、まったく現実感が無い。理解しようと思うも、次々と疑問が湧いてくる。こみ上げる罪悪感は柑奈に対してのものというよりは、世間一般との大きな乖離《かいり》から来るものだった。

「みんなといつ実行しようかって話をしていたときに……今回の出張の話が来て、ちょうどいいタイミングだなって。だから、慎くんには半ば無理矢理この家に居候してもらって、みんなとエッチしてもらうことになったんだけど……はぁ、ぁ……私、毎日毎日、とんでもないくらい興奮しちゃって……」

出張中のことを思い出したのか、柑奈の表情が一層蕩ける。締まりの無くなった唇からは、熱い吐息を断続的に漏らしている。よくよく見ると、自分を跨いでいる腰が前後に揺れていた。

「もう一つ謝るね……みんなには慎くんとエッチしたときに、隠し撮りしてデータを送ってって頼んでたんだ。だから、お母さんやお姉ちゃんに紫苑、それぞれとどんなエッチをしたのかしっかりと見せて貰ったんだけど……あぁ、ぁ……毎晩、ホテルのベッドでオナニーしないといけないほど興奮しちゃって……けれど、イってもイっても足りなくてぇ……」

柑奈の腰遣いが徐々にはっきりしたものになる。彼女は擦りつける淫膜に体重をかけていた。汗などとは違う液体が塗り広げられている感覚がする。

（そんな……柑奈がオナニーを……しかも毎日、連続で何回もなんて……嘘だろ……）

彼女とはセックスレスを危惧《きぐ》するほどに蜜事の回数は減っていた。故に、柑奈がそんなことをするとは露《つゆ》にも思わない。

柑奈がオナニーに耽っている姿を妄想する。自分が家族たちとの不貞に精を出している姿を凝視しながら、グズグズの淫膜を掻き回しては乳首を摘まみ、甘い声を漏らしながら何度も身体を震わせる。

そう考えるだけで、ペニスが大きく跳ね上がった。

「あはっ……あんなに出したのに、まだまだ元気なんだぁ……素敵ぃ……」

柑奈がうっとりとしながら、ビクつく肉棒に手を伸ばす。

違う体温の指が触れ、それだけで甘やかな愉悦が身体を走った。たまらず「うぅ」っとうめいてしまう。

「私と夫婦でありながら、私の家族とあんなにすごいエッチをするなんて、本当に悪いおち×ちん……けれど……はぁ、ぁ……好きぃ……」

指先が裏筋を撫でて、亀頭を柔らかく包んでくる。三人の愛液が染みこんだ肉棒を、言葉通りに慈しんでくる。

「柑奈、待って……もう四回もイったんだ……これ以上はもう……」

「ふふっ、こんなにビクビクさせてそんなこと言うの？　おち×ちんはもっとおま×こが欲しいって言ってるけどなぁ」

締まりのない笑みを浮かべて、柑奈は勃起への愛撫を止めない。

彼女の呼吸がはっはっと短い間隔で繰り返された。股間を押しつけられる下腹部は、パンツからにじみ出たのか、粘液が攪拌されてニチャニチャと卑猥な音を立てている。

「寝取られて……浮気されてぇ……苦しいくらいに興奮したけれど……やっぱり、私もしたいよ……今すぐに入れてもらわなきゃ気が狂っちゃうっ」

柑奈はそう叫ぶと、勢いよく立ち上がる。

すぐに短めのタイトスカートのファスナーを下ろし、脚を抜いて脱ぎ捨てた。

現れた下半身の姿に、慎也は目を瞠《みは》ってしまう。

「か、柑奈……それは……」

彼女の下半身はストッキング一枚だけだった。しかも、ただのストッキングではなく、股間の部分が大きく開いた代物だ。つまり、柑奈の聖域は丸出しの状態だったのだ。

「これならすぐに入れられるでしょう……？　ここも欲しい欲しいってキュンキュンしてるんだよぉ」

剝き出しの大陰唇に指をそえると、クッと左右に開いていく。

露出された姫口はとんでもないくらいに大量の愛液で潤っていた。蛍光ピンクの膣膜がヒクヒクと物欲しげに収斂し、大きい雫を形成している。亀裂の上部では米粒大の牝芽が包皮を脱ぎ捨て、艶やかな曲面を光らせていた。

「私のおま×こ、おかしくなっちゃった……ご飯を食べているときも、お仕事しているときも……ずうっとトロトロのままで、エッチな液を垂らし続けて……もう、入れて貰わないと治らない」

柑奈の呼吸はさらに切迫し、大きな息遣いがリビング中に響き渡る。

彼女は膝立ちになると位置を調整する。肉棒に手を添えて、角度を固定した。

「慎くん、入れちゃうからね……私のことも、いっぱい愛して……っ」

2

強烈な発情で、柑奈は酩酊《めいてい》状態に近かった。

手にする肉棒の熱さと硬さを感じるだけでも、軽く脳内が達してしまう。

(私って本当にいやらしい……どうしようもない変態だ……)

自分を差し置いて他人とセックスをされ、その嫉妬と悔しさが淫欲へと置き換わる。

普通の感覚の人間ならば、あり得ないことである。

しかも、不貞のセックスが激しければ激しいほどに、柑奈の欲情も火を噴いた。

弥生と皐月、紫苑との浮気の性交は、柑奈の想像を遙かに超える激しさと濃厚さで、スマートフォンの画面を見ては、幾度も破滅的な衝撃を受けた。

その度に、柑奈は狂おしいほどの嫉妬に襲われて、嗚咽《おえつ》するほどの涙をこぼしたが、同時に子宮はたまらないほどに疼いてしまい、無意識に股間に手を伸ばす。

そんなことが、この一週間毎日続いていたのだ。

(泣きながらおま×こ弄るなんて、私は本当に頭がおかしいんだ。でも、そんなおかしい自分に気づいた以上、どうすることもできないよ……)

自分が異常な女である以上、その事実を受け入れるしかない。

そして、異常性癖に素直であろうとした。柑奈はもう止まらない。

「慎くん……ああ、慎くん……っ」

夫の亀頭が泥濘に触れるとともに、淫膜が無意識に絡みつく。

甘い愉悦が全身に広がった。更なる喜悦を求めてしまう。

「う、うぅ……あ、あああっ！」

一気に股間を押しつけた。

瞬間、脳天を鋭い淫悦が貫いてくる。視界も脳内も真っ白に弾け飛ぶ。

(ああ……イっちゃった……入れただけなのに……ああ、すごいぃ……)

挿入した瞬間に果てることなど、今まで一度としてなかった。直前まで自慰を繰り返していたとはいえ、肉棒からの喜悦は圧倒的だ。衝撃に指の先まで震えてしまう。

「うあ、ぁ……柑奈、締めすぎ……うぅ……」

真下では慎也が苦悶の表情でうめいていた。

射精を繰り返した剛直は、自らの淫膜に歓喜している。蕩けるほどに解れた淫膜を、たくましい硬さと力強い脈動で圧迫してくる。

（ああ、ダメ……おち×ちんに意識を向けるだけで……また……っ）

媚肉を叩く反り返りに、柑奈の身体は素直に反応した。

湧き上がる歓喜を抑えられない。柑奈は喉を反らして、はしたなく叫んでしまう。

「イく……ああっ、またイくぅ！」

甲高い声が部屋中に響き渡り、柑奈はそのままの姿勢で固まった。

連続の絶頂で身体が熱い。汗ばんでいた肌には雫が浮かび出て、ブラウスやストッキングを濡らしていた。

「柑奈、大丈夫か？　そんな連続でイくなんて……」

慎也が信じられないといった顔をして、自分のことを見上げてくる。

絶頂の硬直から解放された柑奈は、そんな彼ににへらと笑って応えた。

「やっぱりおま×こ、バカになってる……簡単にイっちゃうし……それに……っ」

果てたばかりの淫膜をググッと亀頭に押しつけた。

慎也がおとがいを上に向けてうめきを漏らす。

柑奈の肉体にも喜悦が炸裂するが、歯を食いしばってあえて無視する。

そのまま圧迫した状態で、腰を前後に揺らし始めた。

「あ、ああっ！　すごいぃ……ゴリゴリするのっ、これ、本当にすごいよぉ！」

果てた身体には強烈すぎる法悦に、柑奈の牝鳴きは止まらない。

はしたなく声を響かせながら、後ろに手をついて腰を突き出す。

「はぁ、ぁ……柑奈のおま×こ、いっぱい押し広げられてる……」

うっとりとした様子で皐月が結合部を見つめていた。

「そうなの……っ、中が全部広げられて……ああんっ、気持ちいいっ、気持ちよくてたまんないよぉ！」

皐月だけでなく、弥生と、いつの間にか起き上がっていた紫苑にまで結合部を覗かれている。肉棒を求めて浅ましく動く自分を、家族全員に見られていた。

(視線だけで感じちゃう……三人一緒におま×こも……だらしない表情も見られてる……もっと見て、変態で頭のおかしい私をもっと見てっ！)

視線が快楽を刺激して、全身の隅々までを沸騰させる。

羞恥を感じる余裕はなかった。感じたとしても、すぐに淫欲に飲み込まれてしまう。

「柑奈、いつまでもスーツを着てたら暑いでしょ。それに……私たちだけ裸なのは不公平よ？」

弥生が背後に回ってきて、器用にスーツを脱がしにかかる。

すぐにブラウスのボタンも外され、キャミソールまで剝がされた。ブラジャーだけの姿になってしまう。

「ブラジャーも取りましょうね。みんなにあなたのおっぱいを見せて……？」

プツリとホックを外されて、支えられていた乳房がゆさりと揺れた。

肩から細紐を滑らされ、ついにカップを外される。

「お姉ちゃんのおっぱい……大きくてきれい……」

普段は無表情の紫苑が、陶酔した様子で呟いた。

Fカップの白い乳房が、身体の動きに合わせて弾んでいる。左右で等しい釣鐘型は自分でも密かに自慢に思っていたが、口に出されると余計に嬉しい。

頂点ではぷっくりと乳芽が膨らみ、まるでもぎたての木苺のようだと自分で思う。

「柑奈のおっぱいは、いつも見ても本当にきれいだね……」

膣悦にうめく慎也の視線が乳肌を焼いてくる。

熱から生まれた疼きは、すぐに頂点へと集結し、硬く実った乳実をジンジンと痺れさせていた。

「ああ、揉んでぇ……みんなみたいにおっぱい吸ってぇ」

柑奈は身体を慎也へと倒してから、乳房を目の前へとぶら下げる。

すぐに彼の大きな手が乳房を摑んだ。

たっぷり大きく揉み回されて、蜜壺からとは違う淫悦が身体中に広がっていく。

「柔らかくて弾力があって……ああ、手に吸い付いてくる……っ」

「もっと揉んでいいんだよ。お母さんのおっぱいみたいに、いっぱい揉み込んでいいんだから……はぁん！」

慎也の行動は素早かった。彼はすぐに乳肉をすくい取り、生地を捏《こ》ねるように揉み込んでくる。若干の痛さはあるも、それがかえって淫猥なアクセントになり、柑奈の劣情をさらに煽ってきた。

「乳首もこんなガチガチに……んんっ」

「ひぅ、んっ！　あ、ああっ！」

慎也が乳頭に食らいついてきた。すぐに乳暈ごと口に含んで舐め回される。

柔らかい粘膜が表面を這うだけで、焦げ付くような愉悦がこみ上げる。

さらに乳首を愛撫して欲しくて、自ら上半身を揺らしてしまう。

「片方だけじゃ、やぁ……こっちも一緒に……あ、ああっ、う！」

慎也の手を取り、空いている乳房にくっつけると、すぐに乳首を摘まれた。

左右の乳頭から同時に刺激を与えられ、柑奈の喜悦は増大する。

(そう、全部貪って……いやらしいだけの私を……どうしようもない淫乱な私を、好きなだけ使って、ボロボロにしてぇ……!)

ある種の破滅願望に膣膜が自ずと収縮する。

たくましく肥大した肉棒と強く押しつけ合って、それが更なる愉悦を生んだ。

「ダメじゃないの、柑奈。ちゃんと……腰を動かし続けないと……っ」

褐色の肌が目の前を横切ったかと思った瞬間、膣膜に強烈な歓喜が爆発した。

皐月が腰を掴んで、無理矢理前後に揺すってきたのだ。

「うあ、あああっ! ダメっ! それダメ! ぐぅ、ぅ……はぁ、ぁあ!」

「慎也くんのおち×ちんで感じたくて仕方がないんじゃなかったの? ほらほら、ずっとおち×ちんで感じていないと」

皐月は柑奈の叫びを無視して、グッグッと身体を前後に動かす。

さらには左右にも揺らせてきて、あらゆる角度で柑奈を責めてきた。

(ああっ、おかしくなっちゃう……元々おかしくなってるのに、さらにとんでもないことになっちゃう!)

腰を揺らされ膣奥を抉られるたびに、牝悦が火花となって脳内で散った。

慎也に乳肉を与えることは困難になり、ググッと背中を反らしてしまう。

「あ、ああっ！　お姉ちゃん、ダメっ！　ホントにダメっ！　ああ、壊れるっ、おま×こ壊れるっ！」

「じゃあ壊れちゃいなさい。私たちはあなたに付き合って、慎也くんに壊されたのよ。だったら、責任取ってあなたは壊れ果てなさいっ！」

力任せに膣奥を捏ねられ、激しく揺すられる。

ブチュブチュと蜜膜が潰される音がした。途方もない法悦が、柑奈の意識を遥か高くへと突き上げる。

「あ、ああっ！　はぁ、あああああっ！　イくっ、イくぅ！　あぐっ、あ、くぅん！」

獣のような絶叫を響かせると同時に、全身の筋肉が硬直した。肌という肌が一気に粟立ち、細かく震えながら汗を吹き出す。

「まぁ……本当にすさまじいイき方ね……」

「はぁ、ぁ……私よりもすごいかも……」

母と妹が目を丸くして見つめていた。

セックスでの乱れぶりだけでなく、破滅的な絶頂を迎える様まで見られてしまう。

そんな異常な状況が、柑奈をどこまでも酔わせていた。

（私、どんどん壊れていく……どこまでもおかしくなっちゃう……でも、それでいいの……だって、こんなにも幸せなんだもの……）

恥や理性や常識を投げ捨てた柑奈には、もはや牝の悦びしか考えられなかった。

3

盛大に果てた妻を見上げて、慎也は呆気にとられていた。

今日は驚愕することの連続だ。おまけに四度も精液を放っている。

肉体的にはもちろん、精神的にも疲労は限界を超えていた。

「柑奈……大丈夫か？　もう今日は休もうよ？」

肉棒に貫かれつつ、背後の皐月に寄りかかる柑奈は放心している。

滴る汗もそのままにして、ひゅーひゅーとただ呼吸を繰り返しているだけだった。

「大丈夫かしら……この子、昔から後先考えずに突っ走るところがあるから……」

慎也の真横から弥生も顔を出す。母親として心配そうな顔をしているが、白い身体は発情の桜色が引いていない。

「……だい、じょうぶ……はぁ、ぁ……感じすぎた……だけだから……」

柑奈はかすれた声でそう言うと、はぁぁ、と長い吐息を漏らした。

（どう見ても大丈夫じゃないよな……）

とりあえずは休むことが先決だろう。確か、隣の和室に客用の布団があったはずだ。

慎也は深々と突き刺さった肉棒を抜こうと、ゆっくりと腰を引いていく。

「あぁ、ぁ……ダメぇ……イヤぁ！」

突然、柑奈は甲高い声で叫ぶと、再び膣膜を押しつけてくる。

抜け始めていた勃起は股間に埋まり、トロトロの淫膜に包み込まれてしまった。

「ダメ……なの……まだするんだから……こんなんじゃ……足りないんだからっ」

（おいおい、マジかよ……）

苦しそうに歪む柑奈の顔だが、その瞳にはある種の強い意志が宿っていた。

この目つきをした彼女には、何を言っても無駄である。学生時代からの付き合いで、骨身に染みてわかっていた。

それは弥生も同じのようだ。彼女ははぁ、とため息をつくと、諦めたように肩をすくめる。

「私、まだ中出しされていない……慎くんが中に出すまで……絶対にやめないんだから……っ」

ふらつく身体を後ろ手で支えると、再び腰を揺らし始める。

ドロドロになった結合部から、粘着質な音が響いてきた。汗と愛液が混ざり合い、濃厚な淫液となったそれが、強烈な発情臭をまき散らしている。

「んあ、あぁ……はぅ、んっ……慎くんからも……動いてぇ……」

甘ったるい声を漏らして、濡れた瞳で懇願してくる。

(こうなったら仕方がない……早く射精してやらないと……)

正直、これ以上射精できる自信はなかった。勃起は維持しているものの、溜めていた精液は全て出てしまっている気がする。

しかし、頑固になった柑奈には、説得することなど不可能だ。少しでも早く彼女を満足させるしかない。

慎也は疲れ切った身体に鞭《むち》を打って、肉棒を再び突き出していく。

パチンパチンと濡れた肉同士がぶつかる音が響き渡る。閉じることを忘れた柑奈の唇からは、牝の愉悦が断続的に漏れていた。

「ほら、柑奈。もっとしっかり腰を振りなさい。そんなんじゃ、慎也くんはいつまで経っても射精してくれないでしょ」

柑奈を背後から抱きしめる皐月が、そんなことを囁いている。

「うん……はぁ、ぁっ……もっと、もっと腰振らないと……あぁ、ぁ……」

言われるがままに股間を前後に動かそうとするも、上手く動く気配はない。

おそらく、彼女の体力は限界に達していて、気力だけで動いている状態だった。

「……慎也さん、こっちを向いてください」

ふいに弥生が言ってくる。何かと思って彼女の方に顔を向けた。

瞬間、圧倒的に柔らかいものが顔面を覆い尽くす。

「ねぇ、私のおっぱいを吸ってください。いつもみたいにペロペロちゅーちゅーって……ねぇ？」

優しさの中に淫靡さを内包した声色で弥生は言うと、自らの豊かな蜜乳を擦りつけてくる。

身体をよじって硬く膨れた乳頭を唇へとあてがった。慎也は反射的に口に含んでしまう。

「ひあ、あっ！　あ、ああ……そうですっ、いっぱい吸ってぇ……っ」

柔らかい乳肉が波打ち、白い肌からはミルクのような甘い香りが放たれる。

（おっぱいの柔らかさと乳首の硬さがたまらない……ああ、言われるままに求めてしまう……っ）

乳輪ごと吸い付くと、舌の腹を使ってねっとりと舐め回す。ガチガチの乳芽を舌先であやしては、上下左右へと弾いていく。

「あ、あぁっ……そうです、ああ、気持ちいい。ふふっ、慎也さんは私のおっぱいが大好きですものね。こんなので良ければ、いつでも揉んだり吸ったりしていいんですよ」

慎也の頭を掻き抱いて、蜜乳へと引き寄せた。柔肉に口も鼻腔も塞がれてしまうが、苦しさよりも熟乳からの幸福感のほうが圧倒的だ。

「あ、ああ……慎くんがお母さんのおっぱいを……イヤぁ……やぁぁっ！」

柑奈が牝鳴きとともに悲鳴を上げた。

肉棒を揺らす腰遣いに激しさが再来する。蜜膜の締め付けも強くなり、みっちりと勃起を包み込む。

「ほら、柑奈、よく見なさい？　慎也さんはね、いつもこうやって私のことを求めてくれるの。赤ちゃんみたいに一生懸命に吸ってくれて、私、とても嬉しくて……いつまでもこうして欲しいって思うのよ」

「ヤダぁっ、あぁ、っ……慎くんっ、ダメぇっ……！」

「あなたに送った動画もね、あんなの極々一部なの。本当はあなたの知らない時間にね、たくさんおっぱいを求めてくれた。もちろんそれだけじゃないわ。おっぱいを欲しがってくれた後は、あなたに今入っているおち×ちんで……私の奥の奥まで満たしてくれて、たっぷり精液を放ってくれた。柑奈は一人寂しくオナニーしていたようだけど、ごめんなさいね、私はその時間に慎也さんと激しく熱烈に繋がっていたのよ」

「ひぃ、ぃんっ！　慎くんがお母さんに……ああ、っ！　あうぅ、んっ！」

柑奈は一気に錯乱し、激しく腰を振り乱してくる。

（弥生さん、わざと柑奈を煽ってる……）

弥生は慎也への授乳をあからさまに見せつけていた。それだけでなく、言葉で不貞を働かれていたのだと告げ、その光景を思い描かせている。

柑奈の性癖を理解した上での、完璧な振る舞いだった。娘を理解し受け入れているからこその言動は、紛れもなく愛である。

「慎くんっ……ああっ、ダメっ！　ダメなのっ！　私以外のおっぱい吸わないで！　おっぱい吸わせて良いのは、私だけなのにぃ！」

柑奈の身体がガタガタと震えだす。細い首筋に血管が浮き出て、いくつもの汗の雫が流れていく。

結合部は新たに漏れ出た愛液で、とんでもない光景になっていた。とろみの強い液体がべっとりと周囲を汚して、恥丘の薄い陰毛までをも覆っている。

「慎也さん、またいっぱいエッチしましょうね。おっぱいもアソコも好きなだけ貪って、好きなだけ中で射精してくださいね」

「イヤぁ！　そんなことしちゃ……あ、ああっ！　ダメ！　ダメダメダメっ！　イっちゃうっ！　イっちゃうのっ……っぐぅぅっ！」

弾けるように腰を突き上げた刹那、柑奈の身体が硬直する。そのままの姿勢でビクビクビクッと細かく痙攣した。

（柑奈、またイったのか……こんなにイく身体じゃなかったはずなのに……）

性癖をさらけ出して、官能の箍《たが》が外れてしまったのかもしれない。もう彼女は絶頂を極めるだけの哀れな人形と言うべきだった。

柑奈が絶頂したことを確認すると、弥生がゆっくりと乳房を引き離す。大きめの乳暈は慎也の唾液で妖しく濡れ光っていた。

「ふふっ……またエッチしましょうっていうのは、本当のことですからね？」

蠱惑的な笑みを浮かべて耳元で囁いてきた。明《あ》け透《す》けな誘いにドクンと胸の内が震えてしまう。

自分の妻と繋がっているのに、他の女とのセックスを期待する。退廃的で背徳的な、最低の思考だと理解しているのに、本能だけは加速した。

「ああ、っ……おち×ちんが……ビクビクッて……」

絶頂の余韻に震える柑奈が呂律の回らぬ声で呟いた。

「お義兄《にい》さん……」

傍らから言い寄ってきたのは紫苑だった。

熱い吐息を弾ませながら、声の飛んできた方を向く。

彼女の顔は至近の距離にあった。発情に蕩けた赤い顔は、美しい顔立ちも相まって刺激が強い。

「し、紫苑ちゃ……んぐっ」

言葉を塞いだのは彼女の唇だった。薄めの唇をぴったりと押しつけて、しがみつくように細い腕を身体に絡めてくる。

小さな舌が唇を割ってきた。チロチロと動いたかと思うと、一気に口腔内に侵入してくる。

「んんっ……はぁ、ぁっ……お義兄さん、好きぃ……っ」

紫苑の口づけは最初から熱烈だった。大胆に舌を動かして、口腔内のすべてを舐めてくる。慎也の舌を求めては、重なるとともに悩ましい動きで絡みついてきた。

「ああっ、やめて……紫苑、ダメっ……キスしちゃダメぇ……っ」

柑奈の悲痛な声が響いてくる。

しかし、紫苑は止まらなかった。むしろ、さらに激しく口づけを施してくる。

「んあ、ぁ……お義兄さんも求めて……私にいっぱい絡ませて……」

濡れた瞳でお願いされては、その通りにせざるを得ない。

慎也が彼女の口内に舌を挿し込むと、紫苑は舌を吸ってきた。

ジュルジュルと下品な水音を響かせて、唾液を嚥下《えんげ》しては恍惚とした表情を浮かべてくる。

「紫苑、やめてっ、お願いだからやめてぇ……キスしていいのは私だけなの……慎くんの唇は私だけのものなのぉ……っ」

柑奈の頬にはいつの間にか幾筋もの水流が描かれていた。くりっとした大きな瞳からは大粒の涙があふれている。

それは紫苑も気づいているだろう。しかし、彼女はあえて無視をし続けた。

唇を重ねて、舌を絡めて、唾液を流して攪拌する。キスというよりは口唇粘膜を貪っているようだった。紫苑は夢中になって慎也との結合に溺れ続ける。

「ううっ、ひっく……ああああっ、ダメぇ……イヤっ、あ、あぁぅんっ！」

柑奈はイヤイヤをするように首を振りつつ、再び腰を動かしている。

肉棒を締める膣膜は絶えず蠕動を繰り返し、勃起を続けるペニスを愛してきた。

屈辱《くつじょく》の涙を流しながら快楽を貪る倒錯さに、慎也の牡欲は沸騰する。

股間の奥底で熱い疼きが生まれていた。それは徐々に勢いを増し、噴出するのを今か今かと待ち構えている。

「はぁ、ぁ……柑奈……うう っ！」

獣欲に火が点いて、慎也は強烈に肉棒を叩きつけた。

「ひぎっ！　あ、あああっ！　慎くんっ、それ、あ、ああっ、それすごいぃ！」

上体を仰《の》け反《ぞ》らせて、柑奈が卑猥な絶叫を放った。

汗まみれの身体が跳ねて、濡れた巨乳がぶるんと揺れる。乳首は今にもはち切れそうだった。

「慎也くん、そろそろ出そう？　射精しそうなの？」

背後から皐月が尋ねた。慎也は返事をする余裕もなくて、コクコクと首を頷かせる。

「そっかぁ。それじゃあ……」

皐月はそう言うと、今度は柑奈の背後に回った。

彼女の両脇から腕を挿し込んで、がっしりと肩を拘束してしまう。

「慎也くん、おもいっきり突いてあげて。これでこの子は逃げられないから。こうやって身体を固めた方が、動きが伝わりやすいでしょ」

皐月は女とはいえ、水泳のインストラクターをしている。同じ女同士ならば、力では彼女のほうが上だった。

「お母さんと紫苑も。それぞれに柑奈の脚を抱えて開いてあげて」

「さ、皐月さんっ、それはさすがに……っ」

「ダメよ。やるなら徹底的にね。それをこの子は望んでいるんだし」

恐ろしいことを考えるものだと思った。姉妹の愛なのか、それとも、単に皐月の嗜《し》好《こう》なのかはわからない。

柑奈の両脚がそれぞれに抱えられて拘束される。大きく開け放たれた聖域は完全に無防備だ。完全に慎也の思うがままにできる状態だった。

「慎くんっ……こんな格好でされたら私……っ」

さすがに柑奈も様子が変わった。身体の震えは愉悦の余韻というよりは、これから始まる行為への不安と恐怖だ。

「柑奈、ごめん……僕ももう限界なんだ……っ」

開脚された中心部へ、本能の昂ぶりのままに腰を叩きつける。

「うあ、あああっ！　あ、あぐっ！　はあぁ、ああっ！」

柑奈が大きな目を見開いて断末魔のような声を上げた。

（ああっ、すごい……めちゃくちゃ奥まで届いてるっ）

慎也のピストン用に拘束された姿勢は、通常の正常位ではあり得ぬ挿入感だった。

蜜壺の奥の奥まで肉槍は突き刺さり、強かに膣奥にぶつかっている。

淫膜もそれに反応して、激しいまでの収縮を見せていた。

（なんて気持ちいいんだっ。満足感がものすごい……こんなの、止められないっ）

慎也は本能の赴くままに、一心不乱に剛直を突き入れた。

「ダメぇ！　それダメなのっ！　すごすぎるのっ！　感じすぎちゃうのっ！　あ、あああっ！　ひぃ、いいんっ！」

休む間もなく繰り返されるピストンに、柑奈は完全に錯乱状態になっていた。

ゆるふわパーマの髪は汗でぐっしょりと濡れていた。時折、頭を振っていたが、ついには両手で頭を抱えると、狂ったように振り乱し始めてしまう。

（なんて反応なんだっ。これがあの柑奈なのか……っ）

性癖と言うべきものはなく、セックスもノーマルなものが好きだと思っていた。夜の営みも少なくなって、性行為自体に興味がないのではないかと考えていた。

だが、それはすべて間違いだった。

柑奈は、自分の妻の本当の姿は、常識では考えられないほどの、とんでもない淫乱だったのだ。

「ほら、柑奈、謝らなきゃダメでしょう？　最愛の旦那さんをだましていたんだから。ごめんなさいをしないとね？」

皐月の問いかけに、柑奈は忙しなく首を頷かせる。

「慎くんっ、ごめんなさいっ！　嘘ついてごめんなさいっ！　変態で淫乱で、頭のおかしい狂った女でごめんなさぃぃ！」

理知的なキャリアウーマンとしての姿は微塵も無い。あるのは、卑しく下品ではしたなく、それ故に美しい牝と化した妻の姿だった。

「いいんだよっ、そんな柑奈でもかまわないっ。僕は全部受け入れるよっ」

「ああっ、嬉しい！　慎くんっ、好きなのっ、大好きなのっ！　どうしようもないほど好きすぎてっ、狂いそうなほど愛しいのぉ！」

愛を叫ぶにはあまりにも場違いだが、だからこそ彼女の叫びが本物だと理解できる。

慎也は獣欲の沸騰とともに、柑奈への想いがあふれ出た。

自分のような冴えない男をここまで愛してくれるのだ。全力で応えねばならない。

煮えたぎる牡としての本能を彼女の中に注ぎ込む。この場でできる最大限の愛情表現はそれしかない。

「柑奈……ああ、柑奈っ！」

体力のリミッターが外れて、がむしゃらに腰を打ち付ける。

およそセックスとは思えない打擲音を響かせて、何度も柑奈を貪った。

柑奈はもはや言葉を発していない。打ち付けられる欲望に歓喜の叫びを響かせるだけだった。

（ううっ、もう限界だ……イくっ！）

肉棒が限界まで肥大して、締まる膣膜を押し広げる。狂ったように脈動して、女体に射精を予告した。

「柑奈っ、イくよっ……ああ、出るぅ！」

「出してっ！　出してぇ！　精液でもっと狂わせてぇ！」

喚き散らす柑奈に渾身の一撃を叩きつける。

瞬間、勃起全体が爆発するような衝撃が湧き起こった。

精液が激流となって蜜壺の奥へと噴出する。身体全体から放たれるような、とんでもない射精感だった。

「ひあ、ああっ！　イくっ！　イっちゃう！　ああ、すごいの来るっ！　ダメっ、死んじゃうっ、イき死んじゃうっ！」

狂ったような大絶叫を響かせて、柑奈の裸体が大きく跳ねた。

背中どころか尻まで浮かせて、激しく小刻みに震え続ける。

（ああっ、すごい締め付けてくる……ヤバい……気が遠くなりそうだ……）

五度目にしてこの日一番の射精感は、慎也の心身を摩耗させた。

柑奈の身体が硬直から解放されて、床の上でビチビチと跳ね上がる。

脱力した慎也は、その真上から覆い被さった。

なんとか両腕で身体を支えるも、それももはや叶わない。

柑奈の真横へと身体を崩し落とすと、記憶はそこで途切れた。

4

リビングでの壮絶な淫宴が嘘のように、慎也の寝室は穏やかだった。

もっとも、水を打ったように静かというわけではない。室内には延々とチュッチュというリップ音が断続的に響いていた。

「慎くん……はぁ、ぁ……好きだよ、慎くん……」

布団の中では柑奈が抱きつき、唇にはもちろんのこと、首筋や胸板とあらゆるところにキスの雨を降らせている。

「柑奈……嬉しいけれど、疲れてるだろうし、もう休んだほうが」

「でも……気持ちが収まらないんだもの……ああ、ずっとこうしていたい」

慎也にぴったりと身体をくっつけ、そんなことを言ってくる。こんなにも甘えてくるのは、恋人時代を含めても初めてのことだった。

（やっぱり、自分の性癖をさらけ出して、僕が全部受け入れたからかな？　そんなの、もっと前から打ち明けても良かったのに）

だが、冷静に考えると無理のある話かもしれない。

柑奈自身が言っていたように、彼女の寝取られ願望というのは、一般ではなかなか受け入れられない性癖だろう。いくら夫である自分とはいえ、打ち明けるには相当な勇気が必要なはずだ。

それこそ、自分が理解できなかったとしたら、一気に夫婦関係は破綻する。別離という選択肢だけは、彼女の中に存在しないのだ。

「ねぇ、相談なんだけどね」

ふいに柑奈が小さな声で言ってくる。

「何？」

「今のマンションを引き払ってさ、この家に住まない？　みんなで一緒に住んだらさ、楽しくて幸せだと思うの」

突然の提案だったが、悪い気はしなかった。

一週間だけとはいえ、有馬宅は居心地が良い。たまに義父は帰ってくるかもしれないが、それはそれだ。すぐに愛人の家にとんぼ返りするだろう。

「うん。でも、お義母《かあ》さんたちはいいのかな？」

「お母さんも紫苑も反対するはずがないよ。あの二人は、慎くんにぞっこんだからね。二人とも大喜びするよ。それに、お姉ちゃんもね」

「え？　皐月さん？　だって彼女は」

「あれ？　聞いてないの？　離婚するんだよ、お姉ちゃん」

つい先日決まったことらしい。おそらく、自分と関係してからだ。

「だからさ……慎くんには……あ、ぁ……今後もね……」

急に柑奈の表情が妖しくなった。爛々《らんらん》としていた瞳が粘つく甘いものに変化する。

「みんなと浮気エッチして……私が嫉妬で狂っちゃうほどのものすごいエッチを……

はぁ、ぁ……いっぱいしてぇ」

肌を撫でる吐息に熱さが混じる。呼吸の間隔が短くなって、弾むようなものになっていた。

「えっと……そ、そうだね……うん」

妻の願いである以上、拒否するわけにもいかない。

ただ、自分の体力が持つのか心配だった。筋トレでもした方がいいかもしれない。

「ふふっ……ああ、慎くんの浮気エッチ思い出したら……ああ、ぁ……っ」

ピンク色のパジャマに包まれた身体がビクビクと震えた。見つめてくる双眸はすっかり濡れてしまっている。

「ねぇ……寝る前にもう一回しよう？　このままじゃ私、寝れないよ……」

「ちょ、ちょっと……今日はもう出ないってば……んんっ」

拒否するより先に唇を奪われた。すぐに舌がねじ込まれて、ねっとりと動き回る。

どこまでできるかわからないが、受け入れるしかないのだろう。慎也は柑奈を抱きしめる。

結局、蜜事は東の空が明るくなるまで続いたのだった。


（了）

※本作品はフィクションです。作品内に登場する
団体、人物、地域等は実在のものとは関係ありません。

嫁《よめ》の実家《じっか》の淫《みだ》らな秘密《ひみつ》

〈書き下ろし長編官能小説〉

2023年5月22日初版第一刷発行

著者……………………………………………… 羽後 旭

デザイン……………………………………………小林厚二

発行人……………………………………………後藤明信

発行所…………………………………………株式会社竹書房

〒102-0075 東京都千代田区三番町8-1

三番町東急ビル6F

email：info@takeshobo.co.jp

竹書房ホームページ　http://www.takeshobo.co.jp

印刷所……………………………中央精版印刷株式会社

■定価はカバーに表示してあります。

■落丁・乱丁があった場合は、furyo@takeshobo.co.jp までメールにてお問い合わせください。

© Akira Ugo 2023 Printed in Japan

好評既刊

長編官能小説

裏アカ女子の淫欲配信

葉原　鉄　著

コスプレ配信者、Ｖｔｕｂｅｒ…。ネットで活躍する美女たちの肉体をリアルで独占！　新時代のハーレムロマン。

803円

長編官能小説

ぼくの部屋が人妻の溜まり場に

多加羽　亮　著

ひょんなことから自宅に淫らな人妻たちが集うようになって…!?　注目の新鋭が描く、極上ハーレムエロス登場。

803円

次回刊行案内

書き下ろし長編官能小説

ぼくの居候ハーレム（仮）

九坂久太郎

気鋭の描く同居ハーレムロマン！
２０２３年６月５日発売予定!!

友人の家に居候する青年は友人の母に誘惑されて!?

803円